AF200495

Aufbruch ins Ungewisse

Sabrina Michalek

Herstellung und Verlag:
BoD – Books on Demand, Norderstedt

Umschlaggestaltung: Andra Stahlbaum

Satz und Layout: Marvin Bittner

2. überarbeitete Auflage (2017)

Alle sämtlichen Rechte liegen bei der Autorin
Sabrina Michalek,
Salzgitterstr. 11, 38268 Lengede

© 2017 by Sabrina Michalek, Lengede

Quellennachweis
susanafh – Fotolia
Natallia Vintsik - Fotolia

Die Deutsche Nationalbibliothek verzeichnet diese
Publikation in der Deutschen Nationalbibliografie;
detaillierte bibliografische Daten sind im Internet
über dnb.dnb.de abrufbar.

ISBN 978-3-7448-7184-6

Aufbruch ins Ungewisse

Sabrina Michalek

Inhaltsverzeichnis

	Seitenzahl
Das Piratenschiff	10
Der gefürchtete Schiffer Snoby	17
Der Fluchtversuch	24
Die Verfolgungsjagd	32
Agewood Town	44
Der schwarze Turm	48
Das Mädchen im Feuer	51
Getrennte Wege	57
Aufbruch in ein neues Leben	67
Ein Neuanfang	77
Das Piratenmädchen	84
Ein merkwürdiges Treffen	90
Der Ruf des Meeres	94
Ein seltsamer Junge	101
Die Jagd beginnt	106
Alex und Norman wieder vereint	121

Das Piratenschiff

In der Stadt Rockswill gab es viele kleine Jungs, die immer etwas Neues entdecken wollten, aber keiner stand mehr auf prickelnde Abenteuer wie Alexander Nightmore. Alexander war sehr mager und hatte dunkelbraune, kurze Haare. Er trug einen schwarzen Pullover und eine alte, ausgewaschene Jeans. Alexander war 12 Jahre alt und wurde von seinen beiden Freunden Leon Bekston und Norman Greenman immer Alex genannt.
Leon und Norman waren in etwa so alt wie Alex und gingen auf die Highschool. Auch sie waren sehr abenteuerlustig. Alex' Eltern waren seit seinem 8. Lebensjahr geschieden, und er lebte mit seiner Mutter Valery am Stadtrand von Rockswill in einem kleinen bescheidenen Haus.
   Eines Tages trafen sich die drei Freunde bei Alex und sahen sich Bücher über berühmte Abenteurer an. „Ich würde mal gerne auf einer einsamen Insel stranden und mein größtes Abenteuer bestreiten", sagte Alex und sah die beiden mit strahlenden Augen an. „Au ja, und dann kommt ein Pirat mit seinem riesigen Schiff vorbei und nimmt uns auf eine große Seefahrt in die weite Welt mit", erwiderte Leon und sah sich verträumt im Zimmer um. Norman und Alex sahen sich einen Moment lang schweigend an. Auf einmal tauchte ein breites Grinsen in ihren Gesichtern auf, worauf sie Leon mit großen Augen ansahen. Denn in ihnen war die Abenteuerlust

geweckt. Im gleichen Moment schaute Valery, Alex'
Mutter, in sein Zimmer. „Ich mache jetzt was zu
essen. Wenn ihr beiden Lust habt, könnt ihr ja bei
uns mitessen", setzte sie zu Leon und Norman
gewandt hinzu. „Au ja, das ist sehr nett von Ihnen,
Frau Nightmore, danke!", erwiderte Leon. Valery
schloss die Tür und ging in die Küche. „Ich will jetzt
schon Ferien haben", stöhnte Alex, während sein
Blick bedrückt an die Decke glitt. Die Freunde taten
es ihm gleich.

Spät am Abend saßen Alex, Valery, Leon und
Norman am Küchentisch und aßen schweigend, bis
Alex die Stille durchbrach. „Mum, können wir nicht
mal wieder in den Urlaub fahren? Es muss ja nicht
weit weg sein, aber wenigstens ans Meer", sagte er
etwas bedrückt. Seine Mutter sah ihn kurz an. Dann
erwiderte sie: „Schatz, du weißt doch, dass ich im
Moment viel in der Arbeit zu tun habe und wir keinen
Urlaub bekommen." Sie sah ihren Sohn mit traurigen
Augen an. Dann aß sie schweigend weiter.

Nachdem alle aufgegessen hatten,
verabschiedeten sich Leon und Norman und gingen
nach Hause. Alex half seiner Mutter beim Abwasch.
„Wenn Leons oder Normans Eltern in den Urlaub
fahren, darf ich dann wenigstens mitfahren?", fragte
er Valery. Sie sah ihn an. Dann sagte sie: „Von mir
aus, aber auch nur, wenn ihre Eltern es ausdrücklich
erlauben." Alex war überglücklich. Bald fingen die
Herbstferien an, und es würde nicht mehr lange
dauern. In diesen Ferien sollte etwas auf die

Freunde zukommen, das sie nicht mehr vergessen würden. Das große Abenteuer begann!

Es war der letzte Tag vor den Ferien. Die drei Freunde saßen bei Leon im Zimmer und besprachen ihre Ferienplanung. „Meine Eltern wollen mit mir in den Ferien an die Nordsee fahren", berichtete Leon den beiden aufgeregt. Auf einmal sprang Alex auf und sah Leon mit großen, blitzenden Augen an. Die beiden sahen ihn erschrocken an. „Was ist denn mit dir los, Alter?", fragte Leon. „Können wir deine Eltern fragen, ob ich mit dir mitkommen kann? Meine Mum bekommt keinen Urlaub. Deshalb hat sie mir versichert, dass ich mit jemanden von euch mitfahren darf, wenn einer über die Ferien wegfahren sollte." „Mensch das ist ja so *cool*. Klar, können wir machen", sagte Leon begeistert und stand auf. „Und was ist mit mir? Ich will nicht alleine zu Hause bleiben, während ihr euch amüsiert", sagte Norman beleidigt. Leon sah die beiden an und meinte: „Ich kann ja mal fragen, ob du auch mitkommen kannst. Bleib erst mal hier, bis ich das geklärt habe." Er verschwand aus dem Zimmer. Fünf Minuten später kam er mit einem breiten Grinsen im Gesicht zurück. „Spann uns nicht auf die Folter! Was haben sie gesagt?", fragte Alex ihn energisch. „Also, du darfst mitkommen, Alex. Norman, du musst deine Eltern nur noch fragen, ob du auch mitkommen darfst", sagte Leon. „Ist kein Problem.
Sie sagen bestimmt ja", meinte Norman. „Das wird der Hammer, Leute! Wir drei im Urlaub. Bestimmt

werden wir viel Spaß haben", sagte Alex aufgeregt. Ganz spät am Abend verabschiedeten sich Norman und Alex und machten sich auf den Weg nach Hause.

Die Ferien begannen, und die drei fuhren mit Leons Eltern an die Nordsee. Sie suchten sich dort eine schöne Herberge, in der sie für eine ganze Woche unterkamen. Nachdem sie ihre Betten bezogen hatten, gingen die drei Freunde runter zum Strand. Norman sah aufs Meer hinaus, wo er eine nicht weit entfernte Bucht entdeckte. „Hey Leon, Alex, kommt mal her! Ich hab' etwas Interessantes gefunden", sagte Norman. Leon und Alex kamen zu ihm hinüber gerannt. Er zeigte in Richtung der Bucht und strahlte die beiden an. „Na, was haltet ihr von der Bucht? Ob sich da was Interessantes versteckt?", fragte Norman. „Los, lasst uns die Bucht gleich morgen unter die Lupe nehmen", sagte Alex zitternd vor Aufregung.

Tief in der Nacht – die Eltern schliefen schon, nur die Freunde nicht – schmiedeten die drei Pläne für den nächsten Tag. Das Meer prallte immer wieder gegen die Felsen. Auf einmal ertönte ein Geräusch, das sich anhörte, als ob Wellen gegen hartes Holz prallen würden. „W-Was ist das?", fragte Norman ängstlich. „Mann, heul doch nicht gleich wieder rum, du Memme", maulte Leon. In der Ferne sah man ein Licht immer näher kommen. Es wippte im Wellengang immer auf und ab. Dieses Licht schien von einem riesigen Schiff zu kommen, das der

Herberge bedrohlich näher kam. Als es immer weiter in Sichtweite kam, sah Norman ein gelbes Licht, das sich auf dem Wasser spiegelte. Leon und Alex sahen es ebenfalls und liefen zum Fenster, um es sich besser ansehen zu können. Sie sahen ein groß-es Schiff an sich vorbeisegeln – in Richtung der Bucht, die sie heute Mittag gesehen hatten. Die drei stürmten aus dem Zimmer und liefen Richtung Strand. Während sie hinunter rannten, sah man, wie das Schiff in der Bucht hinter einem großen Felsen verschwand. „Kommt, das müssen wir uns unbedingt aus der Nähe ansehen", sagte Alex begeistert.

Als sie in der Bucht ankamen, war schon längst der Anker und eine Strickleiter heruntergeworfen worden. „Wer wohl mit dem Schiff hierher gesegelt ist?", fragten sich die Jungen. „Kommt, lasst uns mal das Schiff auskundschaften. Wenn es Piraten sind, können wir vielleicht einen riesigen Schatz erbeuten", sagte Leon
zu den anderen und kletterte als Erster die Strickleiter hinauf. „Was ist, wenn derjenige, dem das Schiff gehört, wiederkommt?", fragte Norman ein wenig ängstlich. „Hier wird schon keiner kommen. Und wenn doch, dann verstecken wir uns hier einfach irgendwo", sagte Alex. Oben auf dem Deck begegneten sie keiner Menschenseele. Sie sahen sich genau um, denn es konnte ja ein Schatz auf dem Schiff versteckt sein. Alex ging zu einer Tür und drückte die Klinke hinunter. Sie ließ sich ganz leicht öffnen. Dahinter kam eine dunkle Treppe zum

Vorschein. „Hey Leute, kommt mal her, seht, was ich gefunden habe!", rief Alex. Die beiden stießen schnell dazu. „W-Wollen wir da wirklich runtergehen?", fragte Norman nervös. „Heul doch nicht gleich wieder rum", zischte Alex ihn an. Nun machten sie sich auf den Weg unter Deck. Unten fanden sie viele Kajüten, die aussahen, als ob sie nicht bewohnt wären. Zentimeterdicker Staub lag auf den Möbeln. Am Ende des Flures befand sich eine kleine Kombüse, in der drei Hängematten aufgespannt waren. Alex lief auf eine der Hängematten zu und schmiss sich wortwörtlich hinein. „Mann, Alex, das kannst du doch nicht machen!", quiekte Norman entsetzt. „Ach lass mich doch. Von der Expedition bin ich voll kaputt. Lass mich einfach eine Weile schlafen. Wenn jemand hier runterkommen sollte, dann weckt mich doch einfach." Unterdessen sahen sich Norman und Leon in der kleinen Kombüse um und fanden in den meisten Schränken Konserven. „Hier müssen wirklich Leute auf dem Schiff sein. Die Dosen hier haben noch keinen Staub angesetzt." „Dann sind sie bestimmt nur an Land gegangen, um neue Vorräte zu holen." Während Alex immer noch seelenruhig in der Hängematte schlief, nahmen die beiden anderen das Schiff genauer unter die Lupe. Dabei fanden sie noch mehrere Räume sowie weiteres Essen. Über ihnen knarrten die Bretter, aber keiner der beiden rechnete damit, dass in diesem Augenblick einer der Männer auf das Schiff zurückgekehrt war. Auf einmal

15

hörten sie aus der Kombüse einen lauten Schrei.
Alex!

Der gefürchtete Schiffer Snowby

Er hatte sich aufgesetzt. Über ihm war ein dunkel gekleideter Mann, der sich zu ihm hinuntergebeugt hatte. Auf seiner Schulter saß ein bunter Papagei. „W... W… Wer sind Sie?", stammelte er. „Ich bin der Kapitän die-ses Schiffes. Ich heiße Snowby. Seemann Snowby." Alex starrte ihn fassungslos an. Da war er direkt in die Hände des Schiffführers gefallen. Auf einmal hörte er Schritte vom Flur und sah, wie Leon und Norman auf ihn zukamen. „W… W… Wer ist das?", stammelte Norman und wich ein Stück zurück. „Ach, noch zwei kleine Racker, die sich auf mein Schiff verirrt haben", sagte Snowby brummig. Leon und Norman sahen Alex mit weit aufgerissenen Augen an. „A… Alex, wer ist der Mann?", stotterte Norman. „Das ist der Führer dieses Schiffes", sagte Alex. Die drei schauten sich verdutzt an. Dann wanderte ihr Blick zu Snowby zurück. „Was haben Sie mit uns vor?", fragte Alex nun.

Seine Stimme hörte sich nicht ängstlich oder verwirrt an – *Nein,* sie war fest. „Hm, mal überlegen. – Ja, ihr könntet gut als unsere Diener herhalten. Meine Männer freuen sich bestimmt, auch mal verwöhnt zu werden." „Und was sollen wir für Sie machen?" „Ihr bleibt so lange hier, bis eure Körper irgendwann zu Staub zerfallen." Er lachte lauthals. Seine Stimme war sehr tief und hörte sich an wie der Motor eines Schiffes. Die Freunde sahen sich erschrocken an. Sie mussten hier irgendwie von dem

Schiff runter, denn der Kapitän war ihnen nicht geheuer!

Nachdem Snowby den Raum verlassen und die drei allein gelassen hatte, schmiedeten sie ihren Plan, wie sie unentdeckt von diesem unheimlichen Schiff entkommen konnten. „Am besten ist es, wenn wir uns erst mal hier unten aufhalten und uns einen Überblick über das Schiff verschaffen", sagte Alex. Dann ging es los. Sie teilten sich auf und untersuchten das untere Deck, obwohl sie dabei Gefahr liefen, auf weitere Crewmitglieder zu stoßen. Alex lief direkt auf eine Tür am Ende des Korridors zu. Als er vor ihr stand, wirkte sie sehr groß. Mit zitternder Hand griff er die Türklinke und drückte sie ganz langsam runter. Die Tür öffnete sich problemlos.

Leon und Norman sahen sich in den Kajüten um. Dort fanden sie nicht viel Brauchbares, außer etwas zu essen und zu trinken. „Mann, wie sollen wir hier unbemerkt rauskommen?", maulte Leon genervt und trat gegen die Wand. Auf einmal brach ein Stück der Wand ein und gab ein großes Loch frei.

Als Alex gerade den Raum betreten wollte, hörte er einen lauten Krach. War etwas mit den anderen passiert? „Norman, Leon?", schrie Alex. Doch er bekam keine Antwort. Er drehte sich abrupt um und lief in die Richtung, aus der er den Krach vernommen hatte. Dabei vergaß er aber die Tür des Raumes zuzumachen. Er rannte und rannte, bis er zu einem großen Durchbruch in der Wand kam, aus dem jetzt Norman und Leon heraustraten. „Mann, was habt ihr beide denn gemacht? Ich habe gedacht, euch wäre etwas Gefährliches zugestoßen", sagte Alex. „Es ist überhaupt nichts, hab' keine Bange, Alter", sagte Leon gelassen. „Hey, wenn wir hier unten noch mehr Krach machen, kommen alle unter Deck, und wir werden dann zu Fischfutter", erwiderte Alex. Alle sahen ihn ängstlich an. Norman zitterte und stotterte: „I… Ist das wahr?" „Ich weiß es nicht, aber um nicht geschnappt zu werden, dürfen wir keine lauten Geräusche verursachen", sagte Alex ernst.

Oben über Deck war der Krach nicht zu überhören gewesen. „Hey", schrie er. „Geh du mal runter zu den Kindern und guck mal, was sie anstellen. Wenn nötig, kneble sie", befahl Snowby einem seiner Leute.

Unten hörten sie, wie eine Tür aufgestoßen wurde und Schritte sich näherten. „Oh nein, die haben das oben wahrscheinlich gehört, und jetzt kommt einer, um uns zu erschießen", jammerte Norman. „Ach, halt doch die Klappe." „Hört auf, zu streiten, wir müssen uns erst mal verstecken", zischte Alex sie an. Er rannte – den ande-ren voran – zu einem leer stehenden Raum, den sie noch nicht erkundet hatten. Als sie dort ankamen, merk-te Alex, was ihn vorhin bedrückt hatte. Er hat vergessen, die Tür zu schließen. Jetzt ging er hinein und machte Licht im Raum. Es stellte sich heraus, dass es ein einfacher Abstellraum war, der mit vielen Kisten voll gestellt war. Leon trat an eine der Kisten, woraufhin sich die Kiste öffnete. Auf einmal schrie Leon laut auf. „Hey, kommt mal hier rüber, ich habe etwas gefunden." „Pst, sei still, sonst entdeckt er uns noch." Die Schritte nähr-ten sich dem Raum und wurden immer lauter. „Mist, er kommt immer näher", wimmerte Norman. „Mann, seid doch mal still." Das Geräusch der Schritte verklang. Es schien, als sei jemand wieder gegangen. „Puh, das war knapp", sagte Alex erleichtert und wischte sich den Schweiß von der Stirn. Alex ging zur Tür und lauschte. Es war kein Laut mehr zu hören. „Kommt, die Luft ist rein", sagte er. „Aber seid vorsichtig", ergänzte er. Sie stießen die Tür einen Spalt auf und sahen sich aufmerksam um. Im ganzen Korridor war es dunkel, niemand war weit und breit zu sehen. Sie traten heraus und schlossen die Tür ganz leise hinter sich. Plötzlich kam einer der Crew aus einer Ecke hervorgesprungen und stellte sich ihnen in den Weg. „So So. Ihr wolltet ganz gemächlich abhauen, was? Das könnt ihr gleich ganz schnell wieder vergessen. Ihr kommt hier nicht runter", sagte er. Sie waren in die Falle gelaufen. „Was wohl jetzt mit uns passiert?", dachte Alex. Er sah sich nach einem bestmöglichen Fluchtweg um, aber wie er es drehte und wendete, er kam zu keinem Entschluss. „Ihr kommt jetzt schön mit." Der Pirat begann die drei zu fesseln. „So, und nun kommt. Der Boss wird erfreut sein, dass ich euch habe." Sie wurden hinaus auf das Deck gezerrt. „Snowby, ich habe die Blagen. Sie wollten versuchen, zu fliehen, und haben sich im Lagerraum versteckt." „Gute Arbeit, Nono", sagte Snowby. Er ging auf sie zu. Sie zuckten zusammen und wichen einen Schritt zurück. „Oh ihr kleinen Pupser habt Angst? Das solltet ihr auch haben, denn ich bin hier der große King." Er lachte hallend, sodass die anderen in sein Gelächter mit einstimmten. Nun hob er seine Hand, und alle verstummten. „Nun. Ihr bleibt meine Gefangenen und folgt mir, bis ihr zu Staub zerfallt. Männer, setzt die Segel, wir hauen hier ab." „JAAA", riefen alle und begaben sich auf ihre Plätze.

Kurze Zeit später setzte sich das Schiff in Bewegung. Sie fuhren auf das offene Meer hinaus. Die drei Freunde ließen Leons Eltern in der Herberge alleine zurück. „So, jetzt sind wir bald auf hoher See. Bis wir Land erreichen, kommt ihr erst mal wieder unter Deck, damit ihr keinen Blödsinn anstellt." Snowby lachte laut und ging auf die Brücke. Alex, Norman und Leon wurden wieder unter Deck in einen verlassenen Raum gesperrt. „Verdammt. Wir hätten es schaffen können, aber wir mussten uns unbedingt erwischen lassen!", sagte Alex wütend und trat gegen eine Kiste. „Mann, bleib ruhig. Irgendwie schaffen wir das schon noch", sagte Leon. „Ach ja, und wie sollen wir das anstellen? Wir sind gerade auf hoher See. Es dauert bestimmt noch eine Weile, bis wir das erste Mal Land erreichen, und dann ist das auch zu spät." Leon zog ein kleines Mäppchen hervor und machte es auf. Zum Vorschein kam eine Reihe kleiner Werkzeuge. Darunter befand sich ein kleiner Dietrich. „Du bist genial, Leon. Wo hast du das her?", sagte Alex ganz begeistert. „Ich habe das Ding hier in einer der Kisten gefunden. In manchen sind richtig nützliche Sachen drinnen." Er ging zur Tür und stocherte mit dem Dietrich im Türschloss herum. Nach kurzer Zeit ertönte ein leises Klicken. Leon drückte die Türklinke hinunter. Die Tür ging problemlos auf. Bevor sie den Raum verließen, sahen sie sich ganz aufmerksam um. Sie wollten auf keinen Fall noch einmal erwischt werden. An jeder Ecke, an der sie vorbei-kamen, schauten sie nach rechts und links, um sicherzugehen, dass sie keiner bei ihrem Vorhaben sah. Schließlich erreichten sie die Kombüse. Dort nahmen sie sich etwas zu essen und setzten sich an einen der Tische. „Kommt, lasst uns doch noch einmal mit dem Kapitän reden. Vielleicht können wir hier als Smutje arbeiten und ganz normal hier auf dem Schiff leben. Dann könnten wir unser größtes Abenteuer bestehen", sagte Alex und lächelte. Die beiden sahen ihn verwirrt an, waren dann aber einverstanden.

„Ihr wollt was?", fragte der große King und sah sie ungläubig an. „Wir möchten bei euch als Smutje anfangen." „Das könnt ihr euch in die Haare schmieren. Ich habe schon meine besten Smutjes. Aber wenn ihr wirklich irgendetwas zu tun haben möchtet, dann könnt ihr das ganze Schiff auf Vordermann bringen", sagte Snowby und lachte. Die drei gingen wieder unter Deck und ließen sich von

Nono einen Eimer Wasser und ein-en Wischer geben. Danach fingen sie eifrig an, das ganze Schiff zu säubern. „Wir müssen es schaffen, uns vor denen zu verstecken, wenn wir an Land sind. Sie dürfen uns nicht finden, damit wir abhauen können", sagte Alex. „Und wie sollen wir dann wieder nach Hause kommen, wenn wir da auf so einer gottverlassenen Insel fest hängen?", fragte Leon brüsk. „Ich werde mir da schon irgendetwas einfallen lassen", gab Alex zurück.

Nach sechs Stunden waren sie mit dem Schiff fertig. Es blitzte so, dass man auf dem Boden fast sein eigenes Spiegelbild erkennen konnte. Inzwischen war es dunkel geworden. Deswegen wurden auf dem Schiff Laternen angezündet. „Ihr drei habt sehr gut gearbeitet. Hätte ich von euch nicht erwartet", sagte Snowby respektvoll und klopfte mit seiner großen Hand auf Alex' Schulter.

„Land in Sicht", schrie jemand von oben herab. Snowby rannte hoch. Natürlich folgten Alex, Leon und Norman ihm. Als sie oben ankamen, sahen sie eine noch etwas weit entfernte Silhouette einer Art Insel. Im Stillen brodelte es in Alex. Er wollte gar nicht heim, sondern unbedingt diese Insel erkunden.

Der Fluchtversuch

Als das Schiff vor der Insel vor Anker ging, sprang Alex gleich als Allererster vom Schiff. Vor ihm erstreckte sich ein riesiger Wald. Die Bäume knickten unter dem Wind, ein warmer Luftzug durchfuhr Alex' Haar. „Wie schön das hier ist", stellte Alex selig fest und blickte sehnsüchtig den Horizont entlang. „Ja … es ist wunderschön hier", pflichtete Norman ihm bei. Leon und Norman traten an seine Seite und blickten gemeinsam in die Ferne. „Kommt, lasst uns die Insel mal erkunden. Vielleicht finden wir ja eine Fluchtmöglichkeit." Sie liefen in das Herz des Dschungels und sahen sich aufmerksam nach wild herumlaufenden Tieren um.

Alex setzte sich von den anderen beiden ab und untersuchte die Insel alleine weiter. Kurze Zeit später traf er auf eine abgelegene Höhle. Auf den ersten Blick sah sie leer und unbewohnt aus, jedoch sah Alex gleich darauf einen Berg von Müll vor dem Höhleneingang liegen. Er trat näher an den Eingang. Im Innern hörte man den Wind pfeifen, der Alex' Nackenhaare zu Berge stehen ließ. Er kehrte der Höhle den Rücken zu und lief weiter.

Nach einiger Zeit merkten Leon und Norman, dass Alex nicht mehr an ihrer Seite war. „Wo ist denn Alex auf einmal hin?", fragte Leon und sah sich erschrocken um. Nirgends war er zu sehen. Schon nach kurzer Zeit gab-en sie die Suche auf und blieben keuchend an einem Baum stehen. „W… Wo ist er bloß hin?", keuchte Leon und stemmte seine Hand in die Seite. „Keine A… Ahnung", erwiderte Norman japsend. „Lass uns ihn aber gleich weiter suchen. Nicht, dass er in die Fänge der Piraten gerät." Nach einer kurzen Verschnaufpause setzten sie ihre Suche nach ihrem Kameraden fort. Sie kamen an riesigen Bäumen vorbei, die fast die Wolken zu berühren schienen. Links von ihnen kam eine Höhle in Sicht, die verlassen schien. Norman blieb stehen und deutete darauf. „Hey, Leon. Sieh mal, eine Höhle! Lass uns mal nachsehen, ob wir dort Alex finden." Vor dem Eingang blieben sie stehen und sahen sich aufmerksam um, um sicher zu sein, dass ihnen niemand gefolgt war. Als sie sich sicher fühlten, nickten sie sich kurz zu und gingen in die Höhle hinein.

Snowby und seine Crew standen auf dem Deck und sahen den drei Jungen nach, die in das Herz der Insel davonliefen. „Schiffer, sollen wir den drei Burschen nicht folgen?", fragte Bekon, die rechte Hand des Kapitäns. „Ach, lasst die doch laufen. Irgendwann werden sie hier verrotten und den Geiern als Fraß dienen", sagte er und grinste verstohlen. „Macht alles bereit, damit wir die Insel plündern können." Daraufhin zerstreute sich die Crew und erledigte alles Notwendige. „Schiffer, wir sind mit unseren Vorbereitungen fertig. Es kann losgehen", sagte Bekon. „Gut, dann macht mir ein

Boot fertig und lasst es zu Wasser." Ein paar Minuten später war ein kleines Ruderboot fertig, das Snowby und ein paar seiner Männer auf die Insel bringen sollte. Als sie dort an-kamen, sprangen Snowbys Schergen aus dem Boot und liefen brüllend in den Dschungel hinein.

Da Leon und Norman das Gebrüll hörten, drehten sie sich um. „Was kommt denn jetzt?", fragte Leon und starrte in die Richtung, aus der sie das Geräusch vernommen hatten. „Ich weiß nicht, aber wir sollten so schnell wie möglich von hier verschwinden." Das Gebrüll kam immer näher und wollte partout nicht verklingen. Jetzt erkannten sie auch, woher das Geräusch kam. Bald kam eine Horde Männer in Sicht, die wie verrückt rannten. Nun erkannten Leon und Norman diese Leute. Es waren die Piraten vom Schiff! Jetzt, da Leon wusste, wer diese Männer waren, schaltete er blitzschnell und sah sich nach einer Fluchtmöglichkeit um. Doch es war leider zu spät, um sich jetzt noch geräuschlos zu verstecken. Also duckte er sich hinter einen Baum und achtete sorgfältig darauf, dass ihn auch ja keiner sehen würde. Er gab Norman ein Zeichen, dass er sich ebenfalls hinter einen Baum hocken sollte. Norman tat wie befohlen und versteckte sich ganz tief hinter dem Baumstumpf. Die Piraten waren fast an ihrem Versteck angelangt. Ohne nach ihnen Ausschau zu halten, liefen sie an ihnen vorbei und sahen kein einziges Mal in ihre Richtung. Nachdem die Männer hinter dem nächsten Baum verschwunden waren, kamen die beiden aus ihr-em Versteck hervor und blickten ihnen mit geschockt offenen Mündern hinterher. „Was war das denn?", sagte Leon verdutzt und musste sich bei Normans Anblick – wie er so dastand – fast ein Lachen verkneifen. „Das ist echt nicht lustig", sagte Norman und schaute beleidigt drein. „Mann, mach dir mal nicht ins Hemd", sagte Leon. „Komm, gehen wir lieber wieder auf die Suche nach Alex." Während sie weitergingen, lauschten sie auf Geräusche, die sie zu Alex führen konnten.

Unterdessen hatte auch Alex die Ankunft der Piraten mitbekommen und sich schnellstens in eine etwas weit entfernte Höhle gerettet. „Puh war das knapp", dachte er und lehnte sich keuchend gegen die Höhlenwand. Er sah sich nach etwas Essbarem um, fand aber nur kleine Äste, die nur für ein kleines Feuer reichten. Während er sich am Lagerfeuer wärmte, hörte er plötzlich ein komisches Geräusch aus dem hinteren Teil der Höhle. Es hörte sich an wie ein lautes Kratzen mit den Krallen an einer Felswand. Er erschrak und guckte sich ängst-lich um. Auf einmal ertönte ein Brüllen. Plötzlich bekam es Alex mit der Angst zu tun. Er wollte aufstehen und aus der Höhle rennen, aber er war wie gelähmt. Auf einmal sah er im Schein des Feuers einen riesigen Schatten eines Ungeheuers, das direkt auf ihn zustampfte. Bei jedem Schritt des Ungetüms bebte der Boden. Alex starrte weiter in die Richtung, als um die Ecke ein rie-siger Bär kam. Dieser brüllte, und ein paar Tropfen seines Speichels tropften in Alex' Gesicht. Ein paar Minuten später konnte sich Alex aus seiner Lähmung befreien und rannte schreiend aus der Höhle.

Als sie Alex' Schrei hörten, blieben die beiden Freunde stehen und drehten sich abrupt um. „Das war doch Alex, der da so laut geschrien hat", sagte Leon. „Du hast recht, ich habe das auch gehört", bemerkte Norman. Kurze Zeit später rannten sie in die Richtung, aus der sie Alex vernommen hatten. Plötzlich kam den beiden eine Gestalt entgegen. Der Junge war sehr schnell unterwegs und kaum, dass sie sich's versahen, war er auch schon wieder an ihnen vorbei. „Das war doch Alex, oder etwa nicht?", fragte Norman und blieb keuchend stehen. Leon sah dem Jungen noch kurze Zeit entsetzt hinterher. Doch dann nahm er auf einmal seine Beine in die Hand und rannte dem Kerl hinterher. Norman konnte gar nicht so schnell gucken, da war Leon schon aus seinem Blickfeld. Etwas später erkannte Norman erst, wem Leon da hinterherlief. Nun, da er es jetzt begriffen hatte, nahm er ebenfalls wie Leon seine Beine in die Hand und rann-te ihm hinterher. Nach einem 30-minütigen Lauf kam Norman keuchend und schwitzend bei Alex und Leon an. „Da bist du ja endlich", sagte Leon. „Hier, ich habe unseren Freund gefunden. Er hat sich vor den Piraten in einer Höhle verschanzt und ist dann dort einem Bären begegnet." „Ach, deswegen ist er eben so gerannt wie ein Irrer", sagte Norman und grinste. „Das ist nicht lustig, Mann. Ich will nicht wissen, wie es dir dabei ergangen wäre", sagte Alex eingeschnappt. „Oh Mann, kannst du denn keinen Spaß verstehen?", sagte Norman und guckte bedrückt drein. „Seid froh, dass wir wieder zusammen sind, denn das ist das Wichtigste. Wir kön-nen dann ohne Weiteres den Piraten standhalten", sagte Leon. „Die habe ich ja ganz vergessen", sagte Alex. „Wo sind die denn jetzt eigentlich?" „Die sind jetzt irgendwo im Dschungel. Als sie an uns vorbeigelaufen sind, konn-te ich ein paar Fetzen aufschnappen. Sie haben gesagt, dass es hier einen großen Schatz gäbe, den sie jetzt dem Kapitän bringen müssten", sagte Leon. „Dann nichts wie hinterher. Wir müssen versuchen, vor diesen Kerlen den Schatz zu finden, und den dann auf das Schiff bringen, ohne dass wir irgendwie erwischt wer-den", sagte Alex und stand auf. „W-Wie stellst du dir das vor? Wie sollen wir denn diesen riesigen Schatz, wenn es überhaupt einen gibt, unbemerkt aufs Schiff bekommen? Es kann eine Truhe sein oder auch nur irgendeine Landkarte oder etwas Ähnliches. Jedenfalls kommen wir mit einer Truhe bestimmt nicht unbemerkt aufs Schiff, aber mit einer Karte schon eher", sagte Norman. „Wir schaffen das schon irgendwie, denn außer dem Käpt'n scheint keiner der Dumpfbacken so schlau zu sein."

Nach einer kurzen Absprache legten sie einen Plan fest und verschwanden in die Richtung, in die die Pira-ten gelaufen waren. Kurze Zeit später hörten sie Stimmen und laute Schreie. Auf einer Lichtung erkan-nten sie ein kleines Dorf. Die Häuser waren allesamt mit Strohdächern bedeckt. Der Grundriss jedes Hauses bestand aus zusammengebundenen Holzpflöcken. In der Mitte des Dorfes sahen sie die Piraten, die gerade mit den Einwohnern – so schien es – rangelten. „Seht mal. Dass sind doch die Dumpfbacken vom Schiff", stell-te Leon fest, und zeigte auf die Kämpfenden. Alex, Leon und Norman gingen auf die Einwohner zu und versuchten mit aller Kraft, die Eindringlinge aus dem Dorf zu verdrängen. So leicht, wie Alex es sich vorge-stellt hatte, war es nicht. Das bekam er auch zu spüren. Schon ein schwacher Fausthieb seines Gegners brachte ihn aus dem Gleichgewicht. Er wäre gestürzt, hätte Leon ihn nicht aufgefangen. „Wir müssen es irgendwie schaffen, die Gauner aus dem Dorf zu jagen", sagte Alex. „Aber wie?", fragte Leon keuchend, der gerade noch einem Fausthieb seines Angreifers ausweichen konnte. Alex dachte angestrengt nach: „Wie ist es möglich, dass wir die Piraten aus dem Dorf bekommen, aber uns dabei nicht selber schaden?" Und dann hatte er die Idee. „Ich hab' es, wie wir dieses Problem lösen können", sagte er. Daraufhin hielten Leon und Norman inne und kamen auf ihn zu gerannt. „Also passt auf", sagte er. „Bestimmt sind die Piraten immer noch hinter uns her. Damit wir und die Dorfbewohner sie los sind, würde ich vorschlagen, dass wir sie in eine Höhle locken." Darauf folgte ein zustimmendes Gemurmel. Und so setzten sie es in die Tat um. Leon stellte sich abseits von den beiden anderen und brüllte: „Hey, ihr Dummköpfe! Ihr wollt doch uns und nicht die armen Dorfbewohner. Fangt uns doch, wenn ihr es könnt", schrie er und rannte davon. Während er so dagestanden hatte, hatten die Kämpfenden innegehalten und ihn vor Verwunderung angestarrt. Doch nach kurzer Zeit hatten sie sich schon wieder gefangen. Snowbys Männer rannten Leon hinterher. Als Alex sah, dass sein Plan aufging, gab er Norman ein Zeichen: Sie rannten los.

Am Ende des Dorfes verloren sich ihre Wege. Alle drei liefen in verschiedene Himmelsrichtungen, um ihre Verfolger zu irritieren und wie eine Herde Büffel auseinanderzutreiben

Die Verfolgungsjagd

Leon rannte auf die nicht weit entfernte Höhle zu, hoffend, dass er so seine Verfolger endlich los sein würde. Wenige Minuten später erkannte er auch schon den pechschwarzen Höhleneingang. Vollen Mutes sprintete er darauf zu. Am Eingang blieb er kurz schnaufend stehen, um Luft zu schnappen. Doch man ließ ihm keine Zeit, denn schon kurz hinter ihm waren die Piraten. Sofort rannte er hinein ins – Ungewisse.

Alex kam auch gut mit seinen Verfolgern klar, da er ein recht guter Sprinter war und weite Strecken zurücklegen konnte. Er musste es unbedingt zu dieser Schlucht schaffen, sich dort verstecken und sie irgendwie hineinstolpern lassen. Trotz guter Kondition verließ ihn nach 200 Metern die Kraft, sodass er kurzerhand anhalten musste. Er sah nach hinten und stellte erschrocken fest, dass sie immer näher kamen. Zwei Minuten später hatten die Piraten ihn erreicht und umzingelten ihn. „Jetzt sitzt du aber tief in der Patsche, Kleiner", sagte jemand und ließ ein schadenfrohes Lachen hören. „Er hat recht', dachte Alex und inspizierte die Umgebung, um eine Lösung für seine missliche Lage zu finden. Ein Teil der Crew stand dicht gedrängt aneinander, sodass er keine Möglichkeit sah, außer die „Jungs" so zu ärgern, dass sie unvorsichtig wurden und dass er eine Chance bekam.

Norman hatte gegenüber den beiden anderen eine

leichtere Aufgabe. Er musste seine Verfolger nur in den Wald locken, wo sie ein Fangnetz gespannt hatten. Er sah sich um und erblickte hinter sich drei Männer, die ihm mit ausgestreckten Schwertern nachstürmten. In weiterer Entfernung sah er das aufgespannte Netz und lief immer weiter darauf zu. Doch jetzt war er nicht mehr so sicher, ob das Netz ihm wirklich dabei half, den Verfolgern zu entkommen. Aber jetzt musste er es wagen, egal, was kommen mochte! Er stellte sich vors Netz, breitete seine Arme aus und schrie: „Kommt und versucht doch, mich zu fangen, wenn ihr es könnt." Die Piraten stürmten mit lautem Gebrüll auf ihn zu. Im letz-ten Moment sprang Norman zur Seite und seine Verfolger rannten geradewegs in die Falle. Norman entfernte sich ein Stück und sah den Gaunern zu, wie sie versuchten, sich aus dem Netz zu befreien. Er seufzte und rannte – weg von seinen Verfolgern und zurück zu seinen Freunden, um ihnen zu helfen.

Unterdessen hatte es Alex immer noch mit seinen Jägern zu tun. Er wurde immer noch von den vielen Männern umzingelt, die mit ihren Schwertern grinsend auf ihn deuteten. „Na, ergibst du dich immer noch nicht, Bürschchen?", sagte jemand und lachte schallend auf. „Niemals! Egal, was ihr mit mir anstellen wollt oder nicht, aber ihr werdet mich nie in die Finger bekommen", schrie Alex. Die Piraten lachten nur noch lauter und krümmten sich. Einige schwankten so sehr vor Lachen, dass sie fast hinfielen. Und auf einmal erkannte Alex seine Chance und bahnte sich einen Weg zwischen ihnen hindurch. Er rannte, was das Zeug hielt, geradewegs in die Freiheit. "Was wohl mit den anderen passiert ist?', dachte er. In der Höhle war es stockdunkel: Man konnte seine Hände nicht sehen geschweige denn überhaupt irgendetwas. Leon war ins Innere der Höhle gelaufen. Er keuchte, weil er so viel gerannt war. Dann blieb er stehen, stützte sich mit einer Hand an der Wand ab, um nicht einzuknicken, und schnaufte. Nach ein paar Minuten hatte er sich wieder beruhigt und begann die Höhle zu erforschen. Vor dem Eingang vernahm er lautes Fußgetrappel und blickte zurück. „Er ist da hineingelaufen, das habe ich genau gesehen", sagte jemand. „Das kann doch gar nicht sein, aber wenn du nachsehen willst, dann geh doch", sagte ein anderer. Leon verlor keine Zeit und rannte weiter. Irgendwann sah er Licht am Ende und lief darauf zu. Auf einmal wechs-elte das helle Licht in einen Goldschimmer über. Leon musste einen Freudenschrei unterdrücken. Vor ihm lag der größte Schatz, den er je gesehen hatte. Gold über Gold lag dort – und nicht nur das. Goldene Kronen mit rot besetzten Diamanten lagen ebenfalls dort. Außerdem thronte auf dem Berg noch eine kleine braune Truhe. Er nahm sie und hob sie hoch. Sie war nicht so schwer, wie er es vorerst vermutet hatte. Die Truhe wurde von einem Vorhängeschloss gesichert, das schon an manchen Stellen verrostet war. Als er sich gerade nach einem Gegenstand umguckte, mit dem er die Truhe öffnen wollte, hörte er hinter sich ein lautes Geräusch. „Da ist er." Leon erstarrte und drehte sich ganz langsam um. Da sah er die Piraten auf sich zulaufen. Als sie den Schatz erblickten, blieben sie ruckartig stehen. Ihre Kinnladen klappten vor Erstaunen auf. Doch bald hatten sie sich wieder gefangen und jubelten. Leon blieb erstarrt stehen und konnte sich keinen Zentimeter bewegen. Auf einmal spürte er, wie seine Hände auf den Rücken gezerrt und mit einem Seil zusammengebunden wurden. „Ha, jetzt haben wir dich, und deine Kumpels bekommen wir auch noch", sagte einer. „Aber trotzdem müssen wir dir danken, weil du ja diesen tollen Schatz für uns gefunden hast." „Mist, wie komme ich hier jetzt wieder weg? Ich hoffe, sie haben noch nicht Alex und Norman erwischt, denn dann sehen wir wirklich alt aus', dachte er sich. „Ich muss hier unbedingt weg, aber wie soll ich das machen? Die haben mich hier voll in der Zwickmühle, Mist!' „Los, sagt den anderen Bescheid, dass wir hier einen von den Burschen haben und dass jemand mitkommen soll, um uns beim Bergen des Schatzes zu helfen", befahl der Mann, der Leon festhielt, seinen Leuten. Daraufhin flüchteten sie zügig aus der Höhle. „Und du bleibst erst mal schön bei mir. Nicht dass du mir davonläufst", sagte er zu Leon und schubste ihn unsanft gegen die Höhlenwand. Leon verlor das

Gleichgewicht und fiel schmerzhaft auf den Boden. Dabei knallte er mit dem Kopf an die Wand und wurde bewusstlos.

Nach einer Stunde Bewusstlosigkeit kam Leon wieder zu sich. Aber er schien nicht mehr in der Höhle, sondern wieder auf dem Schiff zu sein. Er konnte überhaupt nichts erkennen, weil es in dem Raum sehr dunkel war. „Wo bin ich hier, und was mache ich hier überhaupt?" Und dann fiel ihm wieder ein, was passiert war. „Ach ja …ich bin ja bewusstlos geworden und dann weiß ich nichts mehr. Ob sie Alex und Norman auch geschnappt haben, oder war ich bloß der Dumme?", dachte er sich. „Alex, Norman? Seid ihr hier?", fragte Leon mit leiser Stimme. Er hörte ein lautes „Moment…" „Seid ihr es, Alex?" Er vernahm wieder dasselbe Stöhnen, und diesmal erkannte er, dass es wirklich seine Freunde waren. Er begann sich etwas Spitzes zu suchen, womit er seine Fesseln loswerden konnte. Zwei Sekunden später fand er eine Glasscherbe, die er sich nahm und mit der er seine Fesseln durchschnitt. Leon stand auf und ging ganz langsam und leise zu den beiden. Auch Alex und Norman fand er zusammengekauert in einer Ecke hinter ein paar Kisten gedrängt. Leon nahm die Scherbe und schnitt damit auch die Fesseln seiner Kameraden durch. Außerdem befreite er beide von ihren Mundknebeln. „Danke. Ich wäre eben fast erstickt", sagte Alex. „Weiß jemand von euch, wo wir hier eigentlich sind?", fragte Leon und sah in die Runde. In dem Raum war es stockdunkel: Man konnte keine Hand vor seinem Gesicht sehen, geschweige denn irgendetwas. Leon tastete sich mit ausgestreckten Händen die Wand entlang – auf der Suche nach einem Lichtschalter. Nach kurzer Zeit fand er etwas und drückte es nach unten. Das Licht ging an, und nun erkannten die drei, in was für einen Raum sie gesperrt worden waren. Leon ging zu einer der Kisten und durchwühlte sie. Er fand nur unbrauchbares Zeug, außer einem Kompass, den er jetzt aus der Kiste nahm, um ihn den anderen zu präsentierten. „Den können wir benutzen, wenn wir hier runter sind", sagte er und steckte ihn in seine Hosentasche. Während Leon noch nach weiteren brauchbaren Sachen suchte, versuchten Alex und Norman einen Weg aus dem Raum zu finden. Da Leons Dietrich-Set von den Piraten entwendet worden war, konnten sie sich nicht so leicht befreien. Die beiden schauten sich nach etwas Spitzem um, das den gleichen Zweck erfüllte. Schließlich fand Norman einen langen, dünnen Nagel. Er steckte ihn ins Schloss und probierte ein bisschen herum. Nach einer Minute etwa hörte er ein leises Klicken. Die Tür war auf. Ganz langsam drückte er die Türklinke herunter und zog die Tür einen Spalt breit auf. In diesem Moment bekam das Schiff Schlagseite, und er verlor das Gleichgewicht. Die Kisten flogen durch die Gegend. Eine traf ihn so hart am Kopf, dass er bewusstlos wurde. Eine halbe Stunde dauerte es, bis er wieder zu sich kam. Leon und Alex hatten sich über ihn gebeugt und sahen ihn besorgt an. „Norman, ist alles okay mit dir?", fragte Alex entsetzt. „Ja, alles okay. Nur der Schädel brummt etwas", sagte er und setzte sich auf. „Kommt, lasst uns hier verschwinden", sagte Alex bestimmt. Vorsichtig traten sie durch die Tür und fanden sich in einem halbdunklen Gang wieder. Das heftige Rucken des Schiffes verriet ihnen, dass sie nicht mehr an Land waren. Sie stolperten von der einen Seite zur anderen und bahnten sich einen Weg zur Kombüse. Als sie dort ankamen, ging Alex zum Schrank, zog die Türen auf und holte ein paar Tüten Chips. Danach machte er sie wieder zu und wandte sich den beiden anderen zu. „Kommt, gehen wir. Lasst uns eine Kabine suchen, wo wir ungestört sein können", sagte Alex und ging den anderen voran. Im hinteren Teil des Schiffes wurden sie endlich fündig. In dieser Kabine befanden sich drei Hängematten nebeneinander. An der rechten Seite stand ein kleiner Tisch mit drei Stühlen. Alex ging darauf zu und legte die Tüten darauf. Er sah sich in dem klein-en Raum um und bemerkte, dass sich kein einziges Fenster darin befand, geschweige denn ein Bullauge. Leon und Norman setzten sich in eine der Matten und stießen einen lauten Seufzer aus. „Was ist denn mit euch los?", fragte Alex und sah die beiden an. „In nur zwei Tagen ist schon so viel

passiert, aber was wohl unsere Eltern jetzt wohl machen werden? Sie haben bestimmt schon längst mitbekommen, dass wir nicht mehr da sind!", jammerte Norman und presste seine Hände ans Gesicht und begann zu schluchzen. Leon legte ihm tröstend einen Arm um die Schulter, aber Alex blieb hart und sagte: „Du, hör mal, Norman. Wir sind doch scharf auf Abenteuer, und jetzt bekommen wir das Allerbeste und Spannendste, das wir je erleben werden, und du machst hier wieder einen auf Heulsuse. Es kann dir doch eigentlich egal sein was, …" „Alex, du gehst im Moment echt zu weit", unterbrach ihn Leon. „Auch ich denke oft an meine Eltern, wie die es wohl aufnehmen, dass ich auf einmal verschwunden bin. Und du kannst mir nicht erzählen, dass du unter deiner harten Schale keinen weichen Kern hast. Klar, ich möchte genauso wie du ein großes Abenteuer erleben, aber wenn es um meine Eltern geht, bin ich ebenso wie Norman."
Als Alex seinen Freund so reden hörte, klappte sein Mund auf. Dabei sah er ihn fassungslos und eingeschüchtert an. Doch nach kurzer Zeit hatte er seine Stimme wiedergefunden. Nun war sie nicht mehr so väterlich wie vorhin, sondern aufbrausend und wütend. „Was soll der Mist, hä? Bist du jetzt auch zu den Heulsusen gewechselt? Ich habe echt gedacht, dass du zu mir hältst, aber da habe ich mich offensichtlich getäuscht! Schön, wenn ihr beide keine Abenteuer mehr miterleben wollt, bitte. Aber

ich ziehe es durch – auch ohne Hilfe, wenn ihr kneifen wollt", schrie er. Bei Alex' Worten sprang Leon auf und ging drohend auf ihn zu. „Du willst uns loswerden? Was denkst du dir denn überhaupt dabei? Wir sind zusammen aufgebrochen, und wir werden es auch zusammen zu Ende bringen", sagte er mit zusammengebissenen Zähnen. „Aber solltest du uns weiterhin als Nichtsnutze sehen, waren wir mal Freunde und gehen danach getrennte Wege."
In der Nacht lag Alex in seiner Hängematte und starrte an die Decke. Er dachte an das Gespräch vom Abend und überlegte, wie er die Wogen glätten konnte. Das Wasser schmiegte sich ans Schiff und prallte dann wieder am Holz ab. Er drehte sich in seiner Matte um und lauschte dem Rauschen des Meeres und dem Schnarchen seiner Freunde.
Am nächsten Morgen wachte er früh auf und schaute zu seinen Gefährten. Beide schliefen noch. Da fiel Alex ein Stein vom Herzen. Er sprang aus seiner Koje und such-te nach einer Toilette. Nachdem er mit seinem kleinen Geschäft fertig war, ging er zum Zimmer zurück, wo er dann feststellen musste, dass Norman und Leon bereits wach waren und an dem kleinen Tisch saßen. Er steuer-te langsam auf die beiden zu und wog seine Worte genau ab, die er gleich sagen würde. Norman und Leon beachteten ihn keine einzige Sekunde, sondern starrten einfach nur stumm gegen die Wand. „Es tut mir leid wegen gestern. Ich hätte so was nicht sagen dürfen und

schon gar nicht unsere Freundschaft in Frage stellen", sagte Alex kleinlaut. „Hast du aber, und das tat wirklich weh", erwiderte Leon, aber er sah ihn dabei nicht an. „Ich weiß, und es tut mir auch wahnsinnig leid. Ich würde die Zeit zurückdrehen, wenn ich es könnte. Glaubt mir das doch!", flehte er sie an. Doch beide gaben kein Wort von sich und schauten nur verträumt an die Wand. Alex ging mit gesenktem Kopf zu seiner Hängematte, in die er sich traurig hineinlegte. „Warum wollen sie mir bloß nicht glauben? Sie sind doch etwas ganz Besonderes für mich, und jetzt soll ich sie für immer vergrault haben? Das glaube ich nicht. Aber nach dem, was ich gesagt habe, kann ich denen das nicht verübeln', dachte er und schloss seine Augen.

Eine ganze Weile regte sich keiner – niemand sprach ein Wort. Doch nun stand Leon auf und ging zu Alex. „Bist du wach?", fragte er ihn vorsichtig. Alex öffnete die Aug-en und schaute ihn an. „Ich habe an das Gespräch von heute Morgen gedacht: Ich möchte unsere Freundschaft nicht aufs Spiel setzen. Du sicherlich auch nicht, so wie ich es heute von dir gehört habe." Alex lächelte gequält und starrte missbilligend zu Boden. Dann sagte er leise: „Es tut mir so leid, dass ich das gesagt habe. Aber ich bin einfach in Rage geraten, als ich Norman wieder heulen gehört habe, was ich nicht leiden kann." Auf einmal ballte er seine Hände zu Fäusten und schlug damit auf die Hängematte ein. Leon fasste seinen Arm und hielt ihn fest. „Es ist jetzt so gelaufen, aber du weißt selber, dass es falsch war. Nur das zählt", beruhigte er Alex. In ihm brodelte es. Er bereute, was er getan hatte; aber er war noch nicht zufrieden mit sich selbst. Doch ein paar Minuten später bekam er sich wieder in Griff und wurde ruhiger. Alex sprang aus der Matte und umarmte Leon vor Glück. „Danke, mein Freund. Ich werde jetzt darauf achten, was ich sage, damit so etwas nie wieder passiert", beteuerte Alex. Leon dagegen lächelte nur und nickte. „Ich verzeihe dir auch", kam es auf einmal von weiter hinten. Alex drehte sich erstaunt um. Norman stand in der Tür und betrachtete ihn ernst und mit durchdringendem Blick. Gerade wollte Norman etwas dazu sagen, da ertönte auf einmal eine laute Stimme von oben. „Käpt'n, Land in Sicht." Sofort verließen die drei die Kabine und kamen an Deck. Snowby kam angerannt, sah die drei, sagte aber nichts, sondern starrte sie nur an. In weiter Ferne sahen sie Lichter, die von einer Stadt zu kommen schienen. „Kanin, du nimmst dir ein Boot und fährst mit den Bengeln hier zur Stadt rüber. Wenn du angekommen bist, wirst du dort auf mich warten", befahl Snowby ein-em seiner Männer. Der Mann namens Kanin spurtete sofort los und machte ein kleines Boot für die Überfahrt fertig. „Los, ab ins Boot mit euch", drängelte er und schob die drei forsch nach vorn. Alex, Leon und Norman setzten sich aneinandergedrängt hinein und warteten angespannt. Als sie losfuhren, kam die dunkle, unheimliche Stadt immer näher. Norman zitterte ein wenig vor Angst, aber von ihm kam kein Wehklagen. Kurze Zeit später kamen sie an einem Steg an. Der Mann befahl den dreien, auszusteigen und oben an einer langen Treppe zu warten. Nachdem Kanin das kleine Boot vertäut hatte, stieß er dazu und wartete. Von oben hatte man einen schönen Ausblick aufs Meer.

Agewood Town

Zehn Minuten später stießen die anderen Männer ebenfalls hinzu. Sie machten sich gemeinsam auf den Weg, um die Stadt zu erkunden. Sie kamen an vielen Fachwerkhäusern vorbei, die im Dunkeln gespenstisch aussahen. An sämtlichen Häusern hingen Schilder, die viele nützliche Dinge zeigten und auf ein Geschäft hinwiesen. Kurze Zeit später kam die Gruppe an eine Weggabelung. Einer der Wege führte in einen riesigen Wald, während der andere zu einem großen Turm führte, der wahrscheinlich zu einer großen Burg gehörte. Wie gebannt starrte Alex zu dem Turm, bei dessen Anblick Alex' Augen anfingen, vor Abenteuerlust zu glitzern. Die drei entfernten sich leise von der Gruppe und verschwanden in einer dunklen Seitenstraße. „Sag jetzt nicht, dass du da wirklich zur Burg willst", sagte Leon etwas skeptisch. „Lasst uns da doch einfach mal hingehen, ja", drängelte Alex. „Ich möchte dort nicht hin, weil ich es gruselig finde", schaltete sich Norman ein. Nun lehnte sich Alex gegen eine Hauswand und verschränkte verärgert die Arme vor der Brust. „Hey, das kann doch nicht euer Ernst sein. Ich habe gedacht, dass wir etwas erleben und Spannung dabei haben wollen. Aber jetzt sagt ihr *nein*", protestierte er. Daraufhin schauten sich Leon und Norman an. Nach kurzem Schweigen willigten sie dann doch noch ein.

Nachdem sie sich vergewissert hatten, dass niemand mehr zu sehen war, setzten sie ihr Abenteuer fort.

Sie waren gerade im Begriff, die rechte Abzweigung zu nehmen, da ertönte hinter ihnen plötzlich eine laute und feste Stimme. „Wo wollt ihr hin? Denkt ja nicht, dass ihr fliehen könnt." Alex erstarrte vor Schreck und drehte sich wie in Zeitlupe um. Hinter ihnen stand Kanin, der jetzt mit einem furchteinflößenden Blick die drei musterte. ‚Mist. Jetzt sitzen wir richtig in der Scheiße', dachte Alex. Plötzlich, ohne zu überlegen, was er da tat, drehte er sich um und rannte so schnell, wie er konnte, davon. Seine Freunde versuchten ihn aufzuhalten, aber das klappte nicht. Er rannte und rannte, ohne auf seine Gefährten zu achten, die er jetzt möglicherweise im Stich ließ. Die Angst trieb ihn immer weiter weg von allem. Doch dann blieb er stehen, um zurückzuschauen. Er konnte keinen Menschen weit und breit sehen. Alex atmete erleichtert auf, aber dann wurde ihm doch schmerzlich bewusst, was er da gerade getan hatte.

Ich habe meine Freunde im Stich gelassen.

Norman und Leon sahen Alex sprachlos hinterher – sie konnten nicht fassen, was sie eben erlebten. „Was …?", brach Leon mitten im Satz ab, als ihm jemand von hin-ten auf die Schulter tippte. Er blickte sich um. Dabei sah er Norman mit einem angsterfüllten Blick, der auf einen Mann deutete, der dort mit einem drohenden Blick auf sie herabsah. „Woher wusstest du, dass wir hier sind?", fragte Leon. Norman gab vor Angst einen leisen Aufschrei von sich, aber Leon brachte ihn mit seinem durchdringenden Blick sofort zum Schweigen. „Was habt ihr mit uns vor?", fragte Leon.

Alex stand alleine da und wusste nicht, was er jetzt tun sollte. ‚Soll ich zurück, oder sollte ich mich lieber auf eigene Faust ins Abenteuer stürzen?', dachte er sich und starrte fasziniert zum Turm. Er sah einladend aus, dennoch wusste Alex nicht, ob er den Schritt wagen sollte oder nicht. Plötzlich packte ihn dann die Lust nach Abenteuern doch so dolle, dass er nicht anders konnte und zum Turm lief. Als er ankam, stand er vor einem großen grauen Tor, an dem schon die Farbe abblätterte. Alex stemmte sich gegen das Tor, aber es war so schwer, dass es sich keinen Millimeter bewegte.

„Wir haben euch nicht aus Spaß mit hierher genommen, sondern weil ihr jetzt von unserer Existenz wisst. Wir wollen sie nicht wegen zwei oder drei kleinen Kindern aufs Spiel setzen", erwiderte Kanin. Norman sah Leon mit fragendem Blick an. Er schüttelte nur den Kopf und dachte über das gerade Gesprochene nach. „Kann es wirklich sein, dass Alex uns diesmal wirklich im Stich gelassen hat?", fragte Leon sich. „Okay, und was hast du jetzt mit uns vor?" „Ihr kommt natürlich wieder mit mir aufs Schiff. Wenn ihr versuchen solltet, zu fliehen, werde ich euch ohne zu zögern umlegen", sagte Kanin mit fester Stimme. Dann gingen sie los – mit Leon und Norman voran. Nach ein paar Minuten lichtete sich der Wald wieder, sodass auch wieder die Altstadt in Sicht kam. Alle Häu-ser lagen immer noch im Dunkeln – nichts regte sich. Nun standen sie wieder auf dem großen Platz, von wo aus sie gestartet waren. Das Meer spiegelte den großen runden Mond wider und ließ das Abbild auf dem Wasser hin und her gleiten. Leon schaute zum Mond herauf und dachte darüber nach, was jetzt aus ihnen werden würde und wie toll es war, als sie zu dritt ihr größtes Abenteuer begonnen hatten. Bei dem Gedanken wurde er plötzlich traurig und wütend zugleich. Traurig, weil sein Abenteuer wohl jetzt zu Ende sein würde, und wütend, weil die beiden wieder von ihrem engsten Freund verraten und im Stich gelassen worden waren.

Der schwarze Turm

Alex stand vor dem großen Tor und sah zu dem
Turm, der gespenstisch, gleichzeitig aber auch so
aussah, als ob er erkundet werden wollte. Zuerst
dachte er an seine Freunde, die er hinter sich
gelassen hatte, und was wohl mit ihnen passieren
würde. Aber dann schweiften seine Gedanken von
ihnen ab. Denn nur ein Gedanke ergriff Besitz von
ihm: Was könnte ihn im Turm erwarten. Nun fing er
an, hektisch am Tor zu rütteln, in der Hoffnung, dass
es einfach aufgehen würde. Doch so sehr er daran
auch zog und drückte, es half alles nichts. Es hatte
sich keinen einzigen Zentimeter bewegt, dafür taten
ihm jetzt seine Arme weh. Jetzt stand er da und
überlegte, wie er auf einem anderen Weg dort
hineingelangen konnte. Dann sah er in dem Zaun
neben dem Tor ein Loch – plötzlich stieg wieder
seine ganze Aufregung in ihm hoch. Alex ging auf
das Loch zu, um es sich genauer anzuschauen. Er
hatte Glück. Es war gerade mal so groß, dass ein
Jugendlicher wie er dort durchpasste. Alex streckte
zuerst das rechte Bein hindurch, danach den Rest
seines Körpers. Nun stand er direkt vor dem Turm,
der im Dunkeln beängstigend aussah.
Doch ihn störte das gar nicht – im Gegenteil! Er
freute sich sehr darauf, dort hineinzugehen und sein
vielleicht größtes Abenteuer fortzusetzen. Nun wollte
Alex nicht länger darauf warten und rannte zum
Eingang, der wiederum von einer großen und

schweren Holztür versperrt war. Er stemmte sich dagegen, aber die Tür bewegte sich nicht. Jetzt ging er einen Schritt zurück, nahm Anlauf und rannte mit aller Kraft dagegen. Zu seiner Überraschung gab sie nach, und er stolperte hinein. Zu seinem Glück schien der Mond so hell, dass er in der Dunkelheit auf einer Anrichte genau neben der Tür einen Kerzenhalter erkennen konnte und Streichhölzer, die sich auf einem Tisch befanden. Er ging darauf zu und zündete die Kerzen an. Nun erkannte er, was für einen Raum er betreten hatte.

Inzwischen wurden Leon und Norman wieder unter Deck gebracht. Nun saßen sie in einem kleinen Raum, in dem sich nichts weiter befand als ein Tisch und zwei Stühle. Jetzt saßen sie da und wussten nicht, was sie mit sich anfangen sollten. Norman saß am Tisch vorn übergebeugt und schluchzte. Durch seine Arme drang es gedämpft hervor, aber man konnte hören: Er war sehr traurig. Nun ging Leon auf ihn zu und streichelte ihm leicht über den Rücken, um ihn zu trösten. „Warum … sind wir immer diejenigen, die im Stich gelassen werden?", schluchzte Norman und hob den Kopf. Über sein Gesicht liefen die Tränen nur so in Bächen her-unter. „Ich kann es dir nicht sagen, aber feststeht, dass er uns jetzt mit absoluter Sicherheit nicht mehr als Freunde haben will, ansonsten wäre er bestimmt schon hier", erwiderte Leon. Ein paar Minuten später verebbte Normans Schluchzen. Dann wurde es ganz still im Raum. Die beiden saßen auf dem Boden, den Rücken an die Wand gelehnt, und starrten ins Leere, bis plötzlich die Tür aufging.

Alex durchstöberte das Büro und fand viele Schriftrollen, die mit einer seltsamen Schrift beschrieben waren. Doch plötzlich entfuhr ihm ein lauter Jubelschrei. Unter den ganzen Schriftrollen befand sich auch eine Karte, auf der viele unbekannte Inseln eingezeichnet waren. Er versuchte, sie genauer zu betrachten, rollte sie aber zusammen und steckte sie ein. Im Kerzenschein konnte er kaum etwas erkennen. Daher beschloss er, ein wenig zu schlafen. Denn müde war er auch. Ein paar Sonnenstrahlen schienen in den Turm und weckten Alex. Er blies die Kerzen aus, stellte den Kerzenständer auf den Tisch und verließ das Zimmer. Draußen drehte sich Alex herum und sah sich etwas um. Der Rasen war durch die Sonne verdorrt. Neben dem Turm entdeckte er einen kleinen Schuppen, den er am Abend nicht bemerkt hatte. Das Vorhängeschloss war aufgebrochen worden, die Tür stand einen Spalt weit auf. Alex trat an den Schuppen heran und öffnete sie ganz weit. In dem kleinen Raum befanden sich Holzkisten und Säcke, die an die Wand gestapelt waren. Auf dem Fußboden entdeckte er eine Falltür, die im Boden eingelassen war. Er ging darauf zu und zog am Griff. Die Tür ließ sich mühelos aus dem Boden heben und gab unter sich eine Treppe frei, die unter die Erde führte.

Das Mädchen im Feuer

Alex stieg die Treppe herunter und betrat einen mit Fackeln beleuchteten Gang. Der Gang endete an einer großen Stahltür. Innerlich zitterte er vor Aufregung. Dann, nachdem er sich beruhigt hatte, näherte sich Alex der Stahltür, um sie aufzuziehen. Alex staunte nicht schlecht, als er dahinter einen weiteren Gang entdeckte. Hier waren die Wände mit Steinen verkleidet. Alex ging den Gang entlang und kam schließlich auf eine weitere Tür, die aber diesmal aus Holz bestand. Er drückte die Messingklinke und schob die Tür auf. Plötzlich fand er sich in einer riesigen Halle wieder. Vor ihm befand sich eine Treppe, die zu weiteren Türen führte. An den Wänden hingen Bilder, die so aussahen, als ob sie gemalt worden waren. Auch hier hingen Fackeln, die den großen Raum spärlich beleuchteten. Alex ging in die Mitte des Raumes und drehte sich einmal im Kreis, um ihn von allen Seiten betrachten zu können. So verschaffte er sich einen ungefähren Überblick darüber, was er sah. Nun überlegte er, was er als Nächstes tun könnte. Er entschied sich dafür, alle weiteren Türen zu inspizieren, um nachzusehen, was sich dahinter verbarg. Zuerst ging er auf die Tür ganz links zu und öffnete sie.

Leon und Norman sahen auf, als sich die Tür öffnete. Vor ihnen stand Kanin, der ein Tablett in den Händen hielt. „Hier. Wenn ihr aufgegessen habt, kommt dann hoch an Deck. Mein Chef will mit euch reden", sagte er, stellte das Tablett ab und verließ den Raum. Leon stand auf, ging darauf zu und kam zu Norman zurück. Kritisch nahmen sie ihr Essen in Augenschein. Es bestand aus einer Schüssel Suppe, einem Brotkanten und zwei Gläsern Milch. Leon fiel über seine Mahlzeit her, weil er einen Bärenhunger hatte. Norman sah ihn dabei ängstlich an. Aber nachdem er nichts Ungewöhnliches im Essen fand, fing er ebenfalls an, zu essen. Kurze Zeit später öffnete sich die Tür abermals: Wieder betrat ein Mann den Raum. Er sah viel kleiner aus als die anderen, mit denen sie es schon zu tun bekommen hatten. Sein braunes kurzes Haar wurde durch ein schwarzes Tuch bedeckt. Der Totenkopf auf dem Tuch beschrieb das Wappen dieser Piratenbande; denn unter diesen Menschen war der Totenkopf das Symbol für Macht und Stärke. Nun hob der Fremde seine Hand und deutete mit seinem Finger auf Leon, der immer noch ruhig auf dem Boden saß und kein Anzeichen von Furcht zeigte. „Du da. Steh auf und komm mit. Der Käpt'n will mit dir re-den", blaffte er ihn an. Leon stand langsam auf und schaute den Unbekannten mit durchdringendem Blick an. „Was will denn euer Käpt'n von mir?", fragte er spöttisch. „Das soll er dir selber sagen." Die beiden verließen den Raum und ließen Norman alleine zurück.

Norman saß zusammengekauert dicht an der Wand. Gedanken wanderten durch seinen Kopf. Da fing er an, leise vor sich hin zu weinen. Er vermisste seine Eltern, da er noch nie so lange von ihnen getrennt gewesen war. Jetzt musste er hier ganz alleine auf seinen Freund warten. Aber ob der wieder zurückkam, wusste er nicht. Doch nach kurzer Zeit begann er Selbstvertrauen zu fassen und stand auf, um sich etwas zu suchen, womit er sich wehren konnte, falls jemand hereinkommen sollte. Schließlich fand er eine alte Eisenstange, mit der er sich wieder zurück auf den Boden setzte, um auf Leon zu warteten.

Unterdessen war Alex in ein schönes Zimmer, in dem es von Puppen und kleinen Bären auf Regalen nur so wimmelte, eingedrungen und sah sich weiter um. Mitten in dem Raum standen zwei Sofas mit einem pinkfarbenen Überzug und ein kleiner brauner Tisch, auf dem eine antike Vase mit blauem Muster stand. An den Fenstern hingen rosa Gardinen, die dem Zimmer ein besonderes Flair verliehen. Außerdem stand ein riesengroßes Himmelbett an der Wand, das den meisten Platz dieses Raumes ausfüllte. Alex untersuchte alle Schränke und Regale, fand aber nichts Aufregendes. Plötzlich vernahm er ein leises Geräusch, das sich wie Fußgetrappel anhörte und immer näher zu kommen schien. Starr vor Angst stand er da und konnte sich kein Stück bewegen. Dann hörte er das Geräusch ganz nah vor der Tür – ihm wurde plötzlich schlecht. Einige Sekunden später fand Alex wieder zu sich und suchte sich ein Versteck. Kaum war er sicher, da ging die Tür auf, und zwei Männer betraten den Raum. Von seinem Versteck aus konnte er nur die Schuhe sehen, die sie trugen. „Lass uns das suchen, was wir brauchen. Dann verschwinden wir von hier", sagte einer der beiden mit rauer Stimme. Nun hörte Alex nur noch, wie Schränke durchwühlt und Sachen von den Regalen heruntergerissen wurden. Dann, ganz plötzlich, war ein lauter Jubelruf zuhören. Was führten diese Männer im Schilde? „Hast du das Ding? Na dann komm, und lass uns hier abhauen." Auf einmal hörte Alex ein Feuerzeug klicken. Daraufhin stand plötzlich der ganze Raum in Flammen. Alex packte die kalte Angst. Trotz der Wärme, die vom Feuer ausging, lief ihm ein kalter Schauer den Rücken hinunter, der ihn zum Zittern brachte. Dann nahm er all seinen Mut zusammen, hielt sich seinen Pullover vors Gesicht und bahnte sich einen Weg nach draußen. Plötzlich erschien eine zarte Gestalt vor ihm, die wie ein Mädchen aussah, aber nicht menschlich zu sein schien. Alex wollte sie am Handgelenk fassen, doch er griff in bodenlose Leere. Da stand er nun und sah einem Geist ins Gesicht! „Alexander Nightmore. Du musst das, was die Männer mitgenommen haben, unbedingt wiederbringen", sagte der Geist mit hoher Stimme. „W-Warum? Was war das, was so wichtig sein kann?", stammelte er ängstlich. „Es ist ein Amulett. Wer es in den Händen hält, besitzt somit

eine Karte, die ihn in eine geheime Welt bringt, die
voll von Schätzen ist", antwortete die Stimme. Alex
stand da, ohne zu wissen, was er sagen sollte. Vor
ihm öffnete sich eine Welt voller Abenteuer, was er
sich immer gewünscht hatte. Aber sein Gefühl der
Abenteuerlust war plötzlich erloschen, weil seine
Freunde nicht bei ihm waren. Das war jetzt nicht zu
ändern. Kurze Zeit später kam das Gefühl, endlich
etwas Großes zu erleben, wieder zurück, weil ihm
bewusst wurde, dass er es alleine durchleben
musste, und er fasste neuen Mut. „Na gut. Ich werde
versuchen, dieses Amulett wiederzubeschaffen.
Dafür brauche ich aber noch ein paar Informationen
über diese Männer. Was sind sie für welche?", sagte
er bestimmt. „Das sind Menschen, die einer Gruppe
angehören, die es sich zum Ziel gemacht hat, die
Welt zu beherrschen und alle Menschen, die ihr in
die Quere kommen, zu eliminieren." Nun kannte er
seine Aufgabe. Er wollte sich gerade auf den Weg
machen, als das Mädchen wieder sprach: „Du
brauchst treue Gefährten auf deiner Reise, um sie zu
überstehen." Alex blieb stehen und dachte über
seine Freunde nach, die er im Stich gelassen hatte.
Dann riss er sich wieder zusammen und schaute mit
ernster Miene zu ihr hinüber. Entschlossen entfernte
er sich vom brennenden Zimmer. Er rannte und
rannte. Schließlich stand er wieder oben vor der
Falltür und ging hinaus. Endlich wieder Tageslicht!
Sein eigenes zugleich wahnsinnigstes Abenteuer

begann. Zuerst brauchte er eine treue Bande. Die würde er finden – da war er sich sicher.

Getrennte Wege

Leon war mit dem Fremden auf dem Weg zum Schiffsführer, der ihn unerklärlicherweise sprechen woll-te. Jetzt stiegen sie eine Treppe hinauf und kamen auf dem Deck an, wo Snowby schon auf sie wartete. „Kapitän, hier ist der Bengel, den Sie wollten", sagte der Mann und zog Leon an seine Seite. „Danke. Du kannst gehen, Namoro", antwortete Snowby. Langsam drehte er sich zu Leon um und musterte ihn von oben bis unten. „So, so. Ihr habt es also für kurze Zeit geschafft, uns zu entkommen", sagte er und ging gemächlich auf ihn zu. Leon blieb ganz ruhig und wartete ab, was als Nächstes passieren würde. „Ihr seid auf mein Schiff gekommen, hättet uns fast verraten, und dann lauft ihr auch noch weg. Wisst ihr denn nicht, mit wem ihr es hier zu tun habt, hä?" Leon blieb wie versteinert stehen und wusste nicht, was er sagen sollte. Doch er würde nicht kampflos aufgeben. „Nein, ich weiß wirklich nicht, mit wem wir es hier zu tun haben. Die Idee, auf euer Schiff zu gehen, war ganz allein die von Alex, der sich jetzt einfach aus dem Staub gemacht hat." Plötzlich fing Snowby an, zu lachen. „Das ist ja sehr komisch. Und was wollt ihr jetzt machen, da euer kleiner Anführer nicht mehr da ist? Wollt ihr wieder versuchen, von hier zu fliehen?" „Nein! Ich möchte hierbleiben und ein Leben als Pirat beginnen", antwortete Leon entschlossen. Nun war der Kapitän überrascht und wusste nicht, was er sagen sollte. Dann sagte er: „Du willst so wie wir werden? Weißt du auch, was auf dich zukommen wird?" „Ja, das weiß ich. Ich möchte mit dieser Crew Abenteuer erleben und verzichte auf mein sorgenloses Leben." „Nun gut", sagte Snowby. „Dann bist du ab jetzt bei uns dabei, wenn du wirklich bereit dafür bist. Aber was wird aus dem da unten?" „Ich gehe runter und werde mit Norman reden. Wenn er lieber ein ruhiges Leben führen will, dann möchte ich, dass er frei nach seinem Wunsch das Schiff verlassen kann. Doch was wird aus ihm, wenn er sich gegen meine Entscheidung stellen sollte?", äußerte Leon. „Du redest erst mal mit ihm. Falls er sich dir gegenüber querstellen sollte, wird er eigenhändig von mir über Bord geworfen." Nun machte sich Leon auf den Weg nach unten. Jetzt war er kein Gefangener mehr. Er würde ganz alleine ohne Alex' Hilfe sein eigenes Abenteuer erleben – das wird ihm keiner nehmen.

Norman saß noch immer dicht gedrängt an der Wand und hielt seine Eisenstange fest in der Hand. Plötzlich hörte er Schritte vor der Tür. Er stand auf – zum Kampf bereit – und starrte die Tür mit finsterem Gesichtsausdruck an. Dann öffnete sie sich und Leon trat herein. „Leon! Oh Leon! Was wollten die von dir?", fragte Norman und begann leise zu schluchzen. Nun sah er, wie Leon den Kopf senkte und sein Blick auf einmal traurig wurde. „W… Was ist denn los? Sag doch was." Jetzt hob er seinen Kopf und sah seinem Freund direkt in die Augen. Er begann zu reden. „Norman, ich muss dir was sagen. Da Alex uns nun doch für immer verlassen hat, wurde mir klar, was er mir jetzt für eine Gelegenheit verschafft hat." Norman hörte seinen Freund reden, aber was er da sagte, verstand er überhaupt nicht. Was sollte Alex ihm verschafft haben? Sie waren ohne ihn jetzt besser dran, aber was will Leon damit sagen? „Was meinst du damit? Was soll das heißen?", fragte er verzweifelt. „I-Ich habe mich dieser Bande angeschlossen und werde ab hier meine eigenen Abenteuer durchleben. Wenn du das auch möchtest, kannst du es gerne tun, Norman." Norman war starr vor Schreck. Was hatte er da gerade gesagt? Nein, das kann doch nicht wahr sein! „Das ist doch ein Scherz von dir. Nein, das glaube ich dir nicht. Wie kannst du das nur tun, nachdem sie uns gefangen genommen und verschleppt haben. Ich werde das auf keinen Fall unterstützen und auch nicht in diese Bande eintreten!", sagte er nun aufgebracht. „Aber Norman. Wenn du dich jetzt gegen meine Entscheidung stellst, wirst über Bord geworfen und landest irgendwo, wo du nie landen wolltest. Willst du das? Solltest du sie aber akzeptieren und ihnen erklären, dass du nicht mitmachen wirst, werden sie dich wieder zu der Bucht bringen, von wo das Unheil angefangen hat." Norman sah seinen Freund kurz mit wütendem Blick an. Dann ließ er sich erschöpft gegen die Wand fallen und sackte auf den Boden.

Einige Zeit saß er so da und dachte über das eben Gehörte nach. Außerdem machte er sich darüber Gedanken, was innerhalb kurzer Zeit passiert war. Er sann eine Weile nach.

Nach einiger Zeit hatte er sich wieder gefasst und sagte: „Gut. Ich komme mit dir nach oben und sage ihm, dass ich deine Entscheidung akzeptieren werde und nur noch von diesem Schiff runter will." Also stand Norman wieder auf und ging mit Leon an Deck.

Oben hatte Snowby schon gespannt auf die beiden gewartet. „Und Bursche. Wie hast du dich jetzt entschieden?", sagte er an Norman gewandt. „Ich will dieses Schiff so schnell wie möglich verlassen." „Okay", meinte er nur beiläufig. „Los Männer. Wir kehren um", brüllte Snowby seiner Mannschaft zu. Danach übergab er Leon ein schwarzes Band mit dem Totenkopfzeichen drauf, das ihn nun zu einem Crewmitglied machte. Leon band es sich um die Stirn, fühlte sich stark und wurde auf einmal viel selbstbewusster. Norman sah ihn traurig an. Dann gingen sie wieder hinunter.

Nach einer halben Stunde brach Leon schließlich das Schweigen. „Jetzt gehen wohl alle getrennte Wege, nicht." „Ja", sagte Norman und senkte den Kopf. „Was wirst du tun?" „Ich weiß es noch nicht. Vielleicht mache ich die Schule weiter."

Langsam wurde es Abend, denn die Sonne ging über dem Meer unter. „Da ist die Bucht, Käpt'n", hörten sie jemanden vom Deck brüllen. „Leon, bring

deinen Freund hoch. Wir sind da", schrie Snowby.
Leon und Norman stiegen die Treppe hoch. Vor sich
sahen sie die weite Bucht, wo ihr Abenteuer
begonnen hatte. Jetzt wurden die Segel eingeholt.
Dann wurde ein kleines Boot fertiggemacht, das ihn
mit Kanin ans Ufer bringen würde. Die beiden
Freunde tauschten noch einen letzten Blick aus.
Ohne jegliche Verabschiedung trat Norman zu Kanin hinüber, der bereits im Boot saß. Zwei Minuten
später war er am Ufer angekommen und betrat
wieder festen Boden. Leon sah ihm hinterher, aber
bereute nichts, was er jetzt getan hatte. Kanin kam
zurück und befestigte das Beiboot wieder am Schiff.
„Hey. Geh mal mit Kanin runter und zieh den Anker
herauf", sagte Narumo. Leon gehorchte und folgte
ihm. Nun würde er seine Reise als Pirat antreten.

Es war mitten am Tag, und in Agewood Town brach
wildes Treiben aus. Alex stand am Steg und sah aufs
weite Meer hinaus. Vor der Stadt lagen mehrere
kleine Boote, aber für ihn war es jetzt einfach zu
riskant, eines zu nehmen und damit wegzusegeln.
Hinter ihm ertönten Schritte, die plötzlich erstarben.
Dann drehte er sich um und stand einem kleinen
Jungen mit kurzen schwarzen Haaren gegenüber.
„Warum guckst du so blöd drein?", fragte der Junge
spöttisch. „Das geht dich gar nichts an, Junge." Der
Kleine blickte ihn belustigt an. „Fragst dich, wie du
an so ein Boot rankommst, was." Nun war Alex
überrascht. „Woher weiß er das?", dachte er. „Hast
du denn eins für mich?" Der Junge nickte. „Meinem

Vater gehört eins. Wenn ich ihn lieb frage, bekommst du es vielleicht", meinte er. „Könnte ich mit zu dir, um mit deinem Vater zu reden?", fragte Alex aufgeregt. Ohne etwas zu sagen, lief der Knirps davon. Von seinem Vorhaben gepackt, rannte Alex ihm hinterher. Vor einem kleinen Fachwerkhaus stoppte der Junge und ging hinein. Keine fünf Minuten später kam er mit einem großen, stämmigen Mann im Schlepptau wieder heraus. Der Mann hatte ebenfalls, wie der Kleine, schwarze kurze Haare und trug eine blaue Latzhose mit einem weißen T-Shirt darunter. Unter den Ärmeln guckten zwei muskelbepackte Arme hervor, die nach viel Arbeit aussahen. „Hey Aron. Wer ist das denn?", fragte er. „Ich bin Alex Nightmore", schoss es aus ihm heraus, bevor der kleine Junge etwas erwidern konnte. Er starrte Alex überrascht an. Dann sagte er: „Papa, Papa. Er ist hier, weil er dich fragen wollte, ob du ihm nicht dein Boot geben könntest." Der Vater sah ihn prüfend an. „Was hast du damit vor, Junge? Kannst du überhaupt damit schon umgehen?" „Ich muss etwas Wichtiges erledigen", antwortete er rasch. „Ja, mein großer Bruder hat mir das schon mal gezeigt", log er, aber jetzt konnte er keine Vorsicht walten lassen. „Okay. Aron wird dich begleiten", sagte er und deutete auf den Jungen neben sich. Alex wollte ihm schon etwas dafür geben, aber der Mann winkte lässig ab. „Da du ein Freund von Aron bist, schenke ich es dir, mein Freund." Alex bedankte sich bei ihm und lief mit Aron zum Kai. Es sah etwas größer aus als das Boot, das er am Piratenschiff gesehen hatte. Nun stieg er die Treppen hinunter und bestieg es, während Aron oben stehen blieb. „Kommst du wirklich zurecht?", fragte ihn Aron besorgt. „Ja, klar. Es ist alles in Ordnung. Du kannst ruhig wieder gehen, aber richte deinem Papa noch mal schöne Grüße aus und dass ich sehr dankbar für seine Hilfe bin." „Okay." Mit einem letzten besorgten Blick auf Alex ging Aron davon. Alex beobachtete ihn noch so lange, bis er ihn nicht mehr sehen konnte. Dann löste er das Tau und warf es ins Boot.

Seine ersten kläglichen Versuche, das Boot voranzubringen scheiterten. Zuerst paddelte er nur auf der Stelle, aber dann nach weiteren Versuchen glitt das Boot leise und mit leichtem Wellengang Richtung Meer hinaus. Innerlich jubelte Alex und war stolz auf sich. Nun konnte seine Mission beginnen und war ganz gespannt darauf, was ihn erwartete. Nachdem Leon den Anker gelichtet hatte, ging er zusammen mit Kanin in die Kantine zum Essen hinunter. Sie saßen alle zusammen. Dabei lachten und redeten sie ausgelassen. Zum ersten Mal fühlte er sich wirklich wohl und geborgen. Er trank frisches Wasser aus einer Karaffe, lachte und plauderte mit den anderen. Nun blickte er in die Runde und sah sich seine Kameraden mal genau an. Manche schätzte Leon auf Mitte zwanzig. Andere hatten schon weiße Bärte und schienen schon Jahre auf dem Meer verbracht zu haben.
Nach zwei Stunden wurde die Stimmung träge, Leon

wurde langsam müde. Dann stand er auf und sagte: „Leute, ich gehe dann mal schlafen." „Gute Nacht, Leon", sagte der Junge, der schräg von ihm saß. Er hatte dunkelbraunes Haar und trug eine schwarze Weste über seinem roten T-Shirt. Gerade als er gehen wollte, stand Snowby von seinem Stuhl auf und blickte ihn an. Leon sah, dass er überraschenderweise lächelte. „Willkom-men in unserer Crew", sagte er und hob seinen Arm zum Freundschaftsgruß. Während er sprach, wurde es am Tisch mucksmäuschenstill – keiner sagte oder tat etwas. Dann brachen sie plötzlich in Jubelrufe aus, standen auf und klatschten wie wild. Leon hatte auf einmal einen dicken Kloß im Hals. Er war so froh darüber, wie er aufgenommen worden war, und fing leise an zu weinen. Dann verließ er prompt den Raum und lief zu seiner Kajüte, damit ihn keiner weinen sehen konnte. Als er ankam, warf er sich sofort ins Bett und vergrub sein Gesicht im Kopfkissen. „Mann, ist das peinlich", dachte er und schmunzelte. Plötzlich begann er laut zu lachen und wischte sich die Tränen aus dem Gesicht. Erst lange Zeit später schlief er vor Erschöpfung ein.
Am nächsten Morgen stand er vor seinem Kameraden Mirondo auf und zog sich leise an. Mirondo war ein großer, stämmiger Junge mit Kurzhaarfrisur. Er war Anfang zwanzig und wurde im Laufe des gestrigen Abends Leons bester Kumpel. Als er sich angezogen hatte, setzte er sich an den kleinen Tisch und wartete darauf, dass Mirondo

endlich wach wurde. Plötzlich lug-te dessen Kopf über der Bettkante herüber und grinste Leon an. „Na, schon wach?", neckte er ihn und strahlte. „Ja, konnte nicht mehr schlafen", sagte Leon und grinste zurück. Nachdem Mirondo sich fertig gemacht hatte, gingen die zwei zum Frühstück. Dort trafen sie auf ein.ige, die schon gefrühstückt hatten und sich nun lebhaft unterhielten. Leon und Mirondo setzten sich zu ihnen und taten sich etwas Rührei auf. Sie redeten vergnügt mit den anderen. Als sie dann mit dem Essen fertig waren, gingen sie an Deck, um das Schiff klar zu machen.

Durgale Snowby ließ sich erst blicken, als die Segel schon gesetzt worden waren. Er winkte Leon zu sich herüber. „Ich bin sehr froh, dich an Bord zu haben. Außerdem wollte ich dir noch sagen, dass du sehr mutig bist. Sich gegen seine eigenen Freunde zu stellen, ist nicht so einfach." Damit hatte Leon gar nicht gerechnet. „Danke, Sir", sagte er stolz. „Ich wollte mein Leben jetzt endlich selber in die Hand nehmen und nicht von einem Menschen wie Alex gesagt bekommen müssen, was ich tun und lassen soll. Unter ihm war es wirklich nicht so toll", setzte er noch hinzu. Snowby legte ihm väterlich eine Hand auf die Schulter und sagte: „Gut gesagt, mein Junge." Nun segelten sie los.

Nachdem die Arbeit für Leon erst mal getan war, setz-te er sich zu den anderen und spielte Karten. „Was wohl dein Kumpel jetzt macht", sagte Mirondo. „Das ist mir egal. Er denkt jetzt bestimmt, dass er der

Coolste ist und ihn keiner übertreffen kann",
erwiderte Leon forsch. „Dann würde ich ihn auch
nicht kennenlernen wollen."

Aufbruch in ein neues Leben

Inzwischen hatte Alex schon ein paar Kilometer hinter sich gelassen. Da ihm seine Arme vom vielen Rudern wehtaten, ließ er sich vom Wind ein wenig treiben. Doch plötzlich sah er, wie eine spitze Rückenflosse aus dem Meer ragte und direkt auf ihn zukam.

Vor Angst, aus dem Boot zu fallen und gefressen zu werden, nahm er die Ruder in die Hand und ruderte um sein Leben. Er brachte zwischen sich und das Tier ein paar Meter, aber die waren noch nicht genug, um sich in Sicherheit fühlen zu können. Und dann passierte es: Das Tier rammte die kleine Holzschale so dolle, dass Alex über Bord ging. Die Angst wurde nun noch erdrückend. Trotzdem schwamm er so weit weg, wie er nur konnte. Schon nach wenigen Metern verließen ihn seine Kräfte. Plötzlich wurde ihm schwarz vor Augen. Als er dann wieder zu sich kam, befand er sich irgendwo, wo es leicht hin und her schaukelte. Alex setzte sich auf und sah sich um. Er bemerkte, dass er auf einem kleinen Schiff war, das einen Segelmast und ein Ruder am Ende hatte. „Ach, du bist also wach", sagte eine Stimme hinter ihm. Alex drehte sich um. Dort am Mast gelehnt stand ein Mädchen, das die Arme vor der Brust verschränkt hatte und ihn anschaute. „Wo bin ich?", fragte er ver-wirrt. „Du bist auf meinem Schiff, wo sonst", erwiderte sie grinsend. „Hast du etwa versucht, ohne ein Boot das Meer abzuschwimmen?", neckte sie ihn. „Nein … mein Boot wurde von einem wilden Tier angegriffen. Ich wollte so schnell wie es geht von ihm wegschwimmen." Das Mädchen entspannte sich etwas. „Und ich habe schon gedacht, du wärst tot. Wie heißt du denn überhaupt?" „Ich heiße Alexander, aber mich nennen alle nur Alex. Und wer bist du?" „Ich heiße Alandra", antwortete sie und lächelte beim Anblick von Alex' perplexem Gesichtsausdruck. „Woher kommst du denn?", fragte er sie. „Ich komme von der Insel Turano. Hast du davon schon mal etwas gehört?" Alex schüttelte den Kopf. „Sag mal. Was hattest du eigentlich vor?" Er erzählte ihr in knappen Sätzen, was passiert war und wie das Mädchen zu ihm sagte, dass er treue Freunde um sich scharen solle, die ihm dabei helfen würden. „Ach so, verstehe", sagte sie, als Alex geendet hatte. „Und wo sind deine Kameraden?" „Ich muss mir noch welche suchen. Meine beiden Freunde Leon und Norman habe ich nicht mehr, weil ich so 'ne Angst hatte, dass ich sie wieder im Stich gelassen habe." „Damals wollten wir Abenteuer zusammen erleben, aber daraus wird jetzt wohl nichts mehr", sagte er schuldbewusst. „Ich würde meine Freunde nicht einfach so im Stich lassen. Du hättest mit ihnen reden sollen", tadelte sie ihn." „Jetzt kann man eh nichts mehr ändern, weil ich nicht weiß, wo sie sind oder ob sie überhaupt noch leben", sagte Alex leise murmelnd. „Okay, Schluss jetzt mit dem Gejammer. Du brauchst jetzt also neue Kameraden?", fragte sie im barschem Ton. „Hast du schon eine ungefähre Vorstellung, was du für Leute anheuern willst?" „Na ja. Ich brauche jemanden, der navigieren kann, und ein paar Leute, die kämpfen können, falls es darauf ankommt." Alandra schaute gen Himmel. Dann klatschte sie in die Hände und sagte: „Ich hätte noch eine Idee. Schließlich wollt ihr ja auf eurer Reise nicht verhungern. Ich kenne da zufällig einen richtig guten Koch." „Ja, kei-ne schlechte Idee. Kannst du etwas?", fragte er. „Ich kann navigieren", meinte sie nur. „Okay. Ab heute bist du dann meine Navigatorin", sagte er und lächelte sie breit an. Nun stand er auf und streckte Alandra seine Hand entgegen, damit sie einschlagen konnte. Dann setzten sie die Segel Richtung Turano.

Norman war schließlich an der Herberge angekommen und ging schnellen Schrittes zur Rezeption. Dort traf er auf eine ältere Dame mit grauen Haaren, die gerade etwas auf einen Zettel schrieb. Als Norman an den Tresen trat, blickte sie auf und starrte in Normans bleiches Gesicht. „Was ist denn los, mein Kleiner?", fragte sie. „Ist hier noch eine Familie Bekston untergebracht?", fragte er nach Atem ringend. Die Frau sah im Besucherbuch nach. Dann sagte sie: „Nein, das tut mir leid. Sie hat hier vor zehn Tagen ausgecheckt. Warst du mit ihr hier?" Er blieb wie angewurzelt stehen. „Das kann doch nicht wahr sein', dachte er. Die Frau sah ihn verwirrt an, sagte aber nichts. Dann ging Norman langsamen Schrittes wieder hinaus und blieb vor dem Eingang stehen. Irgendwie musste er nach Hause, aber wie sollte er das anstellen? Er wühlte in seinen Taschen nach Geld –`nichts außer gähnender Leere. Ohne Geld und ohne jegliches Gepäck musste er nun nach Hause gehen. Um einen Weg da hin zu finden, suchte er nach einem Anhaltspunkt, den er kannte oder schon gesehen hatte. Nach zehn Kilometern stieß er auf die Windmühle, an der sie auf der Hinfahrt vorbeigekommen waren. Zuversichtlich machte er sich auf den Weg: Er ging über Felder und spazierte auf Feldwegen. Gerade als er die Hälfte der Strecke hinter sich gebracht hatte, blieb er stehen und hielt sich die Seite. Seit Jahren war er nicht mehr so viel gelaufen wie jetzt. Dort hinten konnte er sein Ziel besser erkennen, aber im Moment hatte er einfach nicht mehr die Kraft, weiterzulaufen.

Schließlich neigte der Tag sich dem Ende entgegen. Am Horizont verschwand die Sonne hinter einem hohen Berg. Norman musste sich für die Nacht einen Platz zum Schlafen suchen, aber er hatte keine Ahnung, wo er einen finden sollte. Suchend blickte er sich um und sah etwas weiter hinten einen großen Wald, der an einen Berg grenzte. Obwohl er schon müde war, blieb ihm nichts anderes übrig, als sich dort Schutz zu suchen. Einsam stand er nun da. Schließlich entdeckte er eine kleine Hütte, die aus Holz gebaut war. Norman ging darauf zu und machte die Tür auf. In ihr befand sich eine kleine Holzbank, auf die er sich setzte und einnickte.

Plötzlich wurde er von einem lauten Geräusch geweckt. Erstarrt vor Angst, blickte er sich um und ging langsam zur Tür. Er öffnete sie und lugte vorsichtig hinaus. Dort zwischen den Bäumen sah er einen großen Hirsch, der friedlich äste. „Oh Mann, und ich mache mir deswegen in die Hose", atmete er auf und schloss die Tür wieder. Diesmal legte er sich hin und schlief bis zum nächsten Morgen. Am nächsten Tag stand er früh auf und machte sich wieder auf den Weg.

Mittlerweile hatten Alandra und Alex die Insel erreicht und stiegen aus dem Boot. Sie erinnerte an eine Kleinstadt. Die Häuser waren alle aus Backstein erbaut worden und hatten schwarze Ziegeldächer. Alex konnte weiter hinten auf einem Hügel ein Haus erkennen, das größer war als alle anderen. Alandra stand plötzlich neben ihm und sagte: „Und dort finden wir die Unterstützung, die wir brauchen." Alandra ging voran. Während Alex ihr langsam hinterher schlenderte, schau-te er sich die Häuser genau an. Viele von ihnen hatten Ähnlichkeiten mit Fachwerkhäusern. Andere sahen so aus, als ob sie nur ihren Zweck erfüllen würden, da die Besitzer keinen Geschmack für Schönes zu haben schienen. Endlich hatten sie das größte Gebäude erreicht. Alandra klopfte an die Tür. Kurz darauf öffnete sie sich einen Spalt breit, und ein jüngerer Mann, der vielleicht 22 Jahre alt war, kam zum Vorschein. „Hallo, Donkano. Lange nicht mehr gesehen", sagte sie und lächelte ihn an. „Dürfen wir vielleicht hereinkommen?" Als er sie erkannte, erhellte sich seine Miene vor Freu-de. Ohne Vorwarnung zog er die Tür auf und sprang auf Alandra zu, um sie stürmisch zu umarmen. Dann erblickte Donkano Alex und ließ sie los. „Wen hast du denn da mitgebracht?", fragte er skeptisch und sah sie verwundert an. „Das ist Alex Nightmore. Ich habe ihn aus dem Meer gefischt, als er mit seinem Boot gekentert ist", erwiderte Alandra. „Dürfen wir jetzt mal reinkommen? Dann kann ich dir die komplette Geschichte erzählen, warum wir hier sind." „Ja, natürlich. Kommt rein", sagte er und deutete mit ausgestrecktem Arm auf seine Haustür.

Das Haus war spärlich eingerichtet. In der Mitte des Raumes stand ein großer Holztisch, an dem vier Holzstühle standen. Am Ende des Raumes befand sich eine große Kochnische. Auf dem Herd sah man einen großen Topf, der auf einer Flamme vor sich hin kochte. Hinter dem Tisch war ein riesiger Kamin in die Wand eingelassen worden, in dem ein herrliches Feuer prasselte. Donkano setzte sich und bedeutete den beiden, sich ebenfalls zu setzen. „So. Warum seid ihr nun hier?", fragte er. Alandra berichtete mit Alex' Ergänzung, was geschehen war. Als sie geendet hatten, lehnte sich Donkano zurück und verschränkte die Arme vor der Brust. „Und was wollt ihr nun machen?" „Wir dachten, dass du vielleicht dein elendes Leben aufgibst und dich zu uns gesellst", erwiderte Alandra. „Warum wollt ihr gerade mich? Und was sagt dein Gefährte denn dazu?" „Ich bin damit einverstanden. Außerdem hat Alandra mir dich empfohlen, weil du der beste Koch der Welt sein sollst", grinste Alex. Donkano sah Alandra mit hochgezogener Augenbraue an. „Du bist eben der beste Koch, den ich kenne", verteidigte sie sich. „Meinst du wirklich, dass ich immer noch so gut bin wie früher?", meinte er spöttisch. „Lass uns doch dein Essen mal probieren. Dann entscheiden wir, ob wir dich mitnehmen", schaltete sich Alex plötzlich ein. Damit waren die anderen beiden einverstanden. Donkano zauberte eine Vorspeise, den Hauptgang und den Nachtisch. Als sie alles probiert hatten, hingen sie schlaff in den Stühlen und hielten sich die Bäuche. „Boah bin ich satt", sagte Alex keuchend. „Du bist immer noch so gut wie damals", stellte Alandra fest. „Wir müssen dich unbedingt an Bord haben. So einen Koch wie dich gibt es nur einmal auf dieser Welt." „Hm … gebt mir ein wenig Zeit! Geht in der Zwischenzeit ein wenig die Insel erkunden", meinte Donkano. „Das lässt sich einrichten. Wie viel Zeit benötigst du?", bohrte Alex nach. „Lasst mir bitte zwei Stunden zum Überlegen. Immerhin ist das keine leichte Sache für mich, weil ich diese Insel für sehr lange verlassen müsste. Außerdem weiß ich nicht, wann ich wieder hierher zurückkommen werde." Wie gewünscht, standen Alex und Alandra auf und verließen Donkanos Hütte.

Norman war schon lange unterwegs und hatte mittlerweile bereits eine Strecke von über fünfzig Kilometern zurückgelegt. Nach langem Fußmarsch erreichte er schließlich Rockswill. Nur noch wenige Kilometer musste er gehen, um wieder zu Hause zu sein. Als er an einer Laterne vorbeikam, stieß er auf ein Pla-kat mit einer Vermisstenanzeige. Bei näherem Hinsehen erkannte er Leon, Alex und sich selbst! Mit einem flauen Gefühl im Magen ging er weiter. Kurze Zeit später stand er vor seinem Zuhause und sah sich um. Alles sah aus wie immer. Das Auto stand in der Einfahrt. Wie jedes Mal, wenn sie aus dem Urlaub kamen, waren auch die Beete gehegt und gepflegt worden. Ganz langsam setzte Norman einen Fuß auf die Treppe, die zur Tür führte, und klingelte vorsichtig. Nun stand er da und wartete darauf, was wohl jetzt passieren würde. Dann öffnete sich die Tür. Plötzlich stand er seiner Mutter nach langer Zeit wieder gegenüber. Vor Erstaunen stieß sie einen Schrei aus. Dann begann sie zu schluchzen und warf sich ihrem Sohn an den Hals. Normans Vater Brandon wurde durch die erschütterten Schluchzer seiner Frau aufmerksam und trat nun zur Tür. „Norman", schluchzte er ebenfalls.

Eine halbe Stunde später hatten sich Sarah und Brandon wieder beruhigt und saßen nun mit ihrem Sohn in der Küche. „Nun komm, erzähl schon. Was ist denn in der Nacht passiert, in der ihr verschwunden seid?", fragte Sarah beunruhigt. Norman saß da und schaute ver-träumt zu Boden. Dann hob er den Kopf und fing leise an, zu sprechen: „Wir haben noch etwas wach gelegen und miteinander geredet. Plötzlich haben wir ein Licht auf dem Meer gesehen, das von einem großen Schiff stammte, das an unserem Fenster vorbei glitt! Alex war sofort Feuer und Flamme und rannte hinaus. Ich habe noch versucht, ihn davon abzuhalten. Aber er war nicht zu bremsen." Er hielt kurz inne und senkte seinen Blick wieder gen Boden. Dann sprach er weiter: „Wir sind dann auf dieses Schiff gegangen und wollten mal nachsehen, ob die vielleicht einen Schatz an Bord hab-en. Im Inneren des Schiffes haben wir gesucht und sind dort irgendwann auf den Kapitän gestoßen, der uns dann nicht mehr vom Schiff lassen wollte." Nun sah er zu seinen Eltern hinüber, die mit aufgerissenen Mündern dasaßen und ihn erschrocken anstarrten. „A… A… Aber wie bist du dann jetzt wieder hier?!", wollte Sarah wiss-en. „Ich bin von dort entkommen, weil Leon sich für mich eingesetzt und sich der Bande angeschlossen hat", antwortete er. „Das heißt also, dass du nicht weißt, was mit Leon weiterhin geschieht und was mit Alexander ist?!", fragte Brandon. Norman sah ihn mit wütendem Blick an und sagte schließlich: „Dieser Blödmann ist vor Angst weggerannt und hat uns einfach im Stich gelassen." „Oh mein Gott. Warum denn nur. Wie hast du dann wieder bis hierher gefunden?", fragte sie und wartete gespannt. Nun berichtete Norman, was geschehen war, nachdem er wieder das Land betreten hatte.

Als er schließlich geendet hatte, saßen sie noch

eine Weile schweigend da und ließen die Gedanken wan-dern. „Deine Mum und ich sind auf jeden Fall sehr froh darüber, dass du wieder hier und vor allem gesund bist", durchbrach Brandon die Stille. Sarah sah ihren Sohn mit einem flüchtigen Lächeln an und setzte noch hinzu: „Ja, wir sind sehr froh darüber, aber was mir jetzt noch Sorgen macht, ist die Situation mit Alexander. Was er wohl gerade tut …?" „Mum, hör bitte auf, über ihn zu reden!", unterbrach er sie. „Was soll denn daran bitteschön falsch sein, wenn man sich um jemanden sorgt?", fragte Brandon verwirrt. „Er ist für mich ein falscher Mensch, wenn er seine Freunde im Stich lässt."

Ein Neuanfang

Nachdem sie noch eine Weile miteinander geredet hatt-en und Norman seine Eltern davon überzeugen konnte, dass es den anderen beiden gut ginge, verabschiedete er sich und ging in sein Zimmer. Als er es schließlich betrat, bemerkte er, dass es in der Zwischenzeit aufgeräumt worden war. Alles stand ordentlich an sei-nem Platz, und alle Regale sowie sein Schreibtisch waren abgeputzt worden. Norman ging zu seinem Bett und schmiss sich darauf. Mit starrem Blick zur Decke ließ er alles noch mal vor seinen Augen Revue passieren. „Eigentlich war unser Abenteuer doch gar nicht so schlecht', dachte er. Es dauerte nicht mehr lange, bis er schließlich vor Erschöpfung einschlief.

Am nächsten Morgen wurde er von der Türglocke, die ununterbrochen schrillte, unsanft aus dem Schlaf gerissen. „Könnt ihr das verfluchte Ding nicht einfach abstellen?", murmelte er und drehte sich noch mal um in der Hoffnung, weiterschlafen zu können. Doch leider vergebens, und schließlich stand er auf. Plötzlich bemerkte er, dass er in seinen Klamotten eingeschlafen war, die jetzt ziemlich zerknittert aussahen. „Ach Mist ..." Nun ging er ins Badezimmer und schloss hinter sich die Tür ab. Unten erstarb das Schrillen, sodass er Stimmen wahrnehmen konnte. Um ja nichts zu verpassen, drück-te er ein Ohr ganz fest an die Tür und lauschte ange-strengt. Als die Haustür unten geöffnet wurde, drang eine sehr laute Stimme durch das Haus. „Wo ist er? Kann ich ihn sehen?", sagte sie aufgeregt. „Beruhige dich doch erstmal, und komm rein, Mary", hörte er seine Mutter sagen. Norman seufzte. Es war seine Tante Mary, die er am wenigsten leiden konnte. Bei jedem Gespräch gerieten sie immer wieder aneinander. Jedes Mal, wenn irgendetwas mit ihm passierte, war sie die Erste, die ihn schadenfroh auslachte. Um das Treffen mit seiner Tante hinauszuzögern, blieb er noch eine Weile auf der Badewannenkante sitzen, ehe er sich die Zähne putzte. Nach einer geschlagenen Stunde hatte er sich endlich fertig gemacht und kam nun die Treppe herunter. Aus dem Wohnzimmer vernahm er schon die Stimmen sein-er Eltern und der Tante. Mit einem grimmigen Gefühl betrat er schließlich das Zimmer. Kaum war er eingetreten, stand Mary auf und kam auf ihn zugeeilt. „Junge, wo hast du gesteckt? Du hast deinen Eltern echt Sorgen bere-itet", stürmte sie auf ihn ein. „Mary, lass gut sein. Wir sind sehr froh darüber, dass er wieder hier ist. Das ist für uns das Wichtigste", beschwichtigte Sarah ihre Schwester. Nun deutete Sarah auf einen leeren Sessel, auf den sich Norman setzen sollte. Er folgte der Aufforderung. Marys Blick wanderte zu ihm herüber, um ihn von oben bis unten zu begutachten. „Du bist aber mager geworden, Kind", sagte sie abfällig. „Wo bist du verdammt noch mal gewesen?" „Das geht dich nichts an", antwortete Norman genervt.

Eine dreiviertel Stunde später verabschiedete sich

Mary wieder. Norman kam es wie Stunden vor, und er war so froh, als sie die Tür endlich von außen schloss. Nachdem er mit seinen Eltern zu Mittag gegessen hatte, ging er auf sein Zimmer und steckte seine Nase tief in ein Buch über Piraten. Ohne dass er es sich selber eingestehen konnte, inspirierten diese Menschen ihn; vielleicht gerade deswegen, weil er es einfach spannend fand, was die so alles auf sich genommen und erlebt hatten. Er war zwar nicht so der Abenteurer wie Alex und Leon, aber trotzdem hat das, was geschehen war, bei ihm ein prickelndes Gefühl hinterlassen.

Nachdem er ein wenig in dem Buch geblättert hatte, schloss er es und ging zu seinem Schreibtisch herüber. Dort setzte er sich auf einen Stuhl und schaltete seinen Laptop an. Eine ganze halbe Stunde lang surfte er so durchs Internet, bis er beschloss, ihn wieder auszuschalten. „Bücher sind immer noch die besten Unterhalter", dachte er und nahm ein Buch aus dem Regal. Nun setzte er sich aufs Bett und las so lange, bis ihm die Augen zufielen und er vollkommen übermüdet einschlief.

Am nächsten Morgen stand Norman ungewohnt früh auf und zog sich an. Dann ging er in die Küche hinunter, wo bereits seine Eltern auf ihn warteten. „Na, hast du gut geschlafen?", fragte Brandon. „Hm, ja", grummelte er nur. Lustlos aß er sein Frühstück. ‚Wie es wohl heute in der Schule wird?', dachte er und saß schweigend an seinem Platz. „Freust du dich denn schon auf die Schule, mein

Schatz?", fragte Sarah ihn neugierig. Er zuckte nur mit den Schultern. Als er schließlich mit dem Essen fertig war und seine Sachen zusammengesucht hatte, zog er sich die Schuhe an und verließ das Haus mit einem komischen Gefühl im Magen. An der Bushaltestelle wurde er schon von einem Klassenkameraden sehnsüchtig erwartet. Er trug ein dunkelgrünes T-Shirt, eine blaue Jeans und hatte braune kurze Haare. Als er Norman erblickte, weiteten sich seine Augen vor Verwunderung. „Hey Norman. Was ging denn mit dir ab? Wo warst du denn?", sprudelte es aus ihm heraus. „Gibbson, halt mal die Luft an, okay. Ich erzähle dir, was passiert ist, aber nicht jetzt", antwortete Norman genervt. Wenige Minuten später kam auch schon der Bus. Zum ersten Mal war er froh, sich in das morgendliche Getümmel zu stürzen, weil er nur noch Gibbson hinter sich lassen wollte. Ihm war es egal, ob er im Bus sitzen konnte oder stehen musste, Hauptsache weg von ihm.

Die Busfahrt dauerte etwa eine halbe Stunde und führte durch mehrere kleine Dörfer. Norman kam es wie Stunden vor, als sie endlich die Schule erreichten. Er stieg hastig mit den anderen aus und betrat das Schulgebäude. Ihm kam es vor, als ob er ein ganz neuer Schüler wäre, weil ihn alle wie blöd anstarrten. „Mann, da kommt man sich ja wie ein Idiot vor, so wie die glotzen", dachte er. In dem morgendlichen Gewirr der Schüler ließ sich Norman bis zu seinem Klassenraum treiben. Als er schließlich in seinem Raum war, sah er, dass auf seinem Platz bereits schon jemand saß. Es war aber kein Junge – nein. Es war ein Mädchen, das ein schwarzes Tuch über der Stirn trug, das hinten zu einem Knoten zusammengebunden war. „Hey, das ist mein Platz. Geh da runter", machte er das Mädchen an. „Ach ja, meinst du? Wer bist du überhaupt oder bzw. für was hältst du dich eigentlich?", blaffte das Mädchen zurück. Gerade wollte er noch etwas sagen, als eine große Horde Schüler in den Klassenraum trat und vor Verwunderung nur blöd dastand. „Norman – was machst du denn hier?!", sagte der eine, der ganz vorne stand, sichtlich – perplex. Plötzlich wollten alle von ihm wissen, was mit ihm passiert war, und bedrängten ihn. „Leute, beruhigt euch! Gleich fängt der Unterricht an. Ich habe jetzt keine Lust, mich mit euch darüber zu unterhalten", redete er vorsichtig auf seine Kameraden ein. Zu seinem Glück kam kurz darauf die Lehrkraft herein, sodass sich der Pulk zerstreute, der sich an der Tür gebildet hatte. Miss Gaunt war Normans Klassenlehrerin. Als sie ihn sah, brach sie fast in Tränen aus. Jetzt wollte sie, wie jeder in der Klasse, wissen, was geschehen war. Also konnte Norman sich nicht mehr davor drücken. Schließlich stand er auf und begann seine Erlebnisse in einer abgeänderten Form zu erzählen, weil er nicht wollte, dass die ganze Wahrheit ans Tageslicht kam. Nachdem er geendet hatte, setzte er sich wieder und blickte in erstaunte und schockierte

Gesichter. Als die Lehrerin sich wieder gefasst hatte, spornte sie die Schüler zum Lernen an – der Unterricht begann.

Eineinhalb Stunden später klingelte es zur Pause. Alle verließen den Klassenraum, um draußen zu entspann-en. Norman stand unter einem großen Baum, der schon langsam seine Blätter verlor, umringt von einer Schar Schüler, die unbedingt mit ihm über das Erlebte reden wollten. „Das war ja echt eine gruselige Story", sagte einer, der ihm am nächsten stand. „Das war doch nicht gruselig. Es war wie eine Geschichte aus einem Buch. Dennoch fühlte es sich ziemlich lebendig an", meinte Gibbson mit Spannungsverheißender Stimme. Norman hatte keine Lust mehr, darüber etwas zu hören oder zu sagen, und verlor sich ganz in seine Gedanken. Währ-end er nachdachte, tauchte plötzlich in ihm ein starkes Gefühl auf, das ihn innerlich zusammenzucken ließ. Es war so, als ob er wieder auf Reisen gehen und nicht in der Schule sein sollte. Doch dann dröhnte die Schulglocke. Der Unterricht begann von Neuem. End-lich, nach einer weiteren öden Doppelstunde, klingelte es zum Schulschluss. Norman freute sich sehr darauf, wieder nach Hause zu kommen. Während er mit den anderen auf den Bus wartete, wurde viel geschubst und gedrängelt. „Hier hat sich nichts verändert in der Zeit, als ich weg war", dachte er und seufzte leise vor sich hin.

Als er schließlich zu Hause ankam, aß er etwas zu Mit-tag und ging danach in sein Zimmer, wo er sich aufs Bett fallen ließ. Nun begann er über das komische Gefühl, das er heute in der Schule verspürt hatte, nachzuden-ken. Entschlossen stand er auf und nahm sich das Buch, in dem er gestern schon geblättert hatte. Nachdem er es aufgeschlagen hatte, hielt er auf einer bestimmten Seite inne: Das Gefühl war auf einmal wieder da, als er auf das Meer schaute, das dort abgebildet war. Sein ganzer Körper fing plötzlich vor Aufregung an, zu kribbeln, aber er wusste nicht, warum. Er starrte wie hypnotisiert auf dieses eine Bild und fing an, sich das Meer in seiner ganzen Schönheit ins Gedächtnis zu rufen. Nun tauchte plötzlich ein Bild vor seinem geistigen Auge auf, das das wunderschöne Meer zeigte. Es sah wie ein funkelnder Saphir aus, der seine Wellen sanft an ein Ufer spülte. Der Sandstrand glitzerte in der Sonne und ließ seinen funkelnden Farben freien Lauf. In diesem Moment war ihm die Schule gleichgültig geworden. Er wollte nur noch aufs weite Meer hinaus und die Weiten der Erde erkunden. „Vielleicht werde ich dann doch noch ein kleiner Pirat", sagte er leise und musste bei dem Gedanken anfangen, zu grinsen. Es sollte bald einen Tag in seinem Leben geben, an dem alles möglich werden und an dem er einen neuen Menschen kennenlernen würde.

83

Das Piratenmädchen

Es waren nun ein paar Monate vergangen, seitdem Norman wieder in Rockswill aufgetaucht war. Er ging zur Schule wie andere Kinder auch, aber jetzt fand er sie nur noch öde und langweilig. Seit diesem komischen Gefühl wollte er nur noch raus aus seinem alten Leben und etwas Neues entdecken. Dann, drei Tage später, hatte er Geburtstag. An dem Tag stand er wie immer früh auf, wenn er zur Schule musste, und aß mit seinen Eltern gemeinsam Frühstück. Als er in die Küche gekommen war, hätten sie ihn fast umgerannt. Sie freuten sich so dolle, dass er da war und Geburtstag hatte. Als er schließlich in der Schule ankam, wurde er herzlich begrüßt und von allen beglückwünscht. Nur das Mädchen, das neu in der Klasse war, ist an seinem Platz sitzen geblieben und sah ihn nicht an, als er rein kam und sich zu seinem Platz begab.
In der Geschichtsstunde verkündete der Lehrer, dass sie nun das Thema Piraten behandeln würden. Alle fingen vor Freude an, zu jubeln. Nur Norman gab keinen Laut von sich, weil er so verwundert darüber war. Doch während der Unterrichtsstunde taute er langsam wieder auf und beteiligte sich an dem Thema. Er bemerkte nun auch, dass sich das Mädchen, das neu in seiner Klasse war, viel mehr beteiligte als in den anderen Fächern.
Kurze Zeit später klingelte es zur großen Mittagspause, in der die Schüler die Möglichkeit

hatten, sich etwas Warmes zu Mittag aus der Cafeteria zu besorgen. Während sich Norman dort anstellte, trat das Mädchen aus seiner Klasse hinter ihn. „Hallo", sagte er und drehte sich zu ihr um. „Hey", antwortete sie und lächelte scheu. „Magst du das Thema auch, das wir gerade in Geschichte haben?" „Ja, sehr sogar. Ich finde Piraten echt klasse. Mich hat es umgehauen, was du alles schon erlebt hast", sagte sie mit Bewunderung in der Stimme. Als sie ihr Essen bekommen hatten, suchten sie einen freien Tisch und setzten sich. „Ich habe jetzt gar keine Lust mehr auf Schule. Am liebsten würde ich wieder aufs weite Meer hinausfahren, neue Freunde finden und ganz viele Abenteuer erleben", gab er offen zu. Leise seufzte er vor sich hin, stützte seine Ellenbogen auf dem Tisch ab und starrte ins Weite. „Ja, wie oft ich auch schon darüber nachgedacht habe, einfach von zu Hause abzuhauen und irgendwo auf dem Meer zu sein." Norman schaute sie verblüfft an und meinte: „Meinst du das jetzt im Ernst, oder sagst du das nur so?" Sie schaute ihn mit einem verwunderten Blick an und schüttelte den Kopf. „Nein, ich sage das nicht nur so. Ich meine es auch so. Jedes Mal, wenn ich ein Buch über Abenteurer gelesen habe, bekam ich auf einmal so ein Kribbeln im Bauch, aber ich wusste nicht, woher das kam oder warum es da war." Die ganze Mittagspause redeten sie miteinander, bis es wieder zum Unterricht klingelte. Als sie auf dem Weg zu ihrem Klassenraum waren, fragte Norman das

Mädchen: „Darf ich fragen, wie du heißt?" „Ich heiße Mira Gildeton", antwortete sie und lächelte.

Es war später Nachmittag, als Norman im Wohnzimmer saß und Fernsehen schaute. Plötzlich klingelte das Telefon, Norman stand auf und nahm den Hörer ab. „Norman Greeman." „Hi Norman. Ich bin es, Mira. Hätt-est du vielleicht Lust, dich mit mir im Park zu treffen?" „Ja, gerne." Schnell legte er auf, zog sich seine Schuhe an und ging zu dem kleinen Park, der sich zehn Minuten von Normans Zuhause weg befand. Als er dort ankam, sah er Mira schon auf einer Bank sitzen. „Hallo", sagte er und setzte sich neben sie. „Hey. Was hast du denn so gemacht, bevor ich dich angerufen habe?", fragte sie. „Ich habe nur Fernsehen geguckt. Und du?" „Na ja, ich habe darüber nachgedacht, wie schön es doch wäre, Abenteuer zu erleben und einfach mal die Schule sau-sen zu lassen", erwiderte sie. Normans Blick schweifte in die Ferne, und er sagte: „Dann lass es uns tun." Mira schaute ihn verwundert an. „Ist das etwa dein Ernst?" „Ja, warum denn nicht. Ich habe auch keine Lust mehr auf das alles." „Aber wie bringen wir das unseren Eltern bei?", fragte sie ihn ein wenig ängstlich. „Wir erzählen ihnen, dass unsere Klasse einen Ausflug plant und wir am Wochenende losfahren", meinte Norman. „Und was ist, wenn sie herausbekommen, dass wir keinen Ausflug machen, und die dann nach uns suchen?" „Darüber mach dir mal keine Gedanken. Ich werde da schon einen Weg raus finden."

Langsam wurde es Abend, und die Sonne begann unterzugehen. Norman drehte sich zu ihr um und sah sie an. Dann sagte er: „Wie kommt es, dass du lieber Abenteuer erleben willst, als die Schulbank zu drücken?" Sie schaute gen Himmel, der so aussah, als würde er brennen. „Ach weißt du. Jedes Mal, wenn ich ein tolles Buch lese, wünsche ich mir immer, dass ich die Person bin, die alles erlebt. Aber was mich wirklich fasziniert, sind die Piraten von damals. Wie sie so gelebt haben und was alles in dieser Zeit passiert ist." „Das finde ich so super, wie du bist und darüber denkst. Du bist echt ein kleines Piratenmädchen", sagte Norman und zwinkerte ihr zu. Eine halbe Stunde später verabschiedeten sie sich und gingen nach Hause. Kaum war er dort angekommen, ging er rauf auf sein Zimmer und legte sich die Sachen zurecht, die er für sich und Mira brauchen würde. Nachdem er alles zusammengesucht hatte, legte er sich aufs Bett und schlief ein.

Es waren nun zwei Wochen vergangen, und endlich war der Tag gekommen, an dem sich Norman wieder in ein Abenteuer stürzen würde. Um ja nicht gesehen oder bemerkt zu werden, packte er sehr früh seine Sachen in den Rucksack und schlich sich ganz leise aus dem Haus. Eigentlich wollte er seinen Eltern noch einen Brief hinterlassen, in dem alles stand, aber das war ihm jetzt unwichtig geworden. Er wollte nur noch weg von hier. Als er draußen vor dem Hof stand, sah er kurz zurück und rannte dann so schnell er konnte in den Park. Norman setzte sich auf eine Bank und wartete. Kurze Zeit später traf auch Mira ein. Mit einem voll bepackten Rucksack ließ sie sich neben ihn auf die Bank fallen. „Bist du auch so aufgeregt, wie ich?", fragte sie ihn gespannt. „Ja, jetzt bin ich aufgeregter als vorher. Ich bin schon so gespannt drauf, wen wir treffen und ob wir Alex und Leon wiedersehen werden", erwiderte er. Als Norman an seinen Freund dachte, wurde ihm ganz schwer ums Herz. Leon war sein bester Freund gewesen, der ihn vor Alex beschützt hatte. Nach ein paar Minuten hatte er sich wieder gefangen. Nun schulterten sie ihre Sachen und gingen zur entfernten Bushaltestelle. Sie mussten nur wenige Minuten warten, bis der Bus kam. Jetzt starteten sie ein gemeinsames Abenteuer.

Nachdem Alandra Alex die Insel gezeigt, und sie das Nötigste eingekauft hatte, verließen sie die Stadt und marschierten zurück zu Donkano. Schon beim ersten Klopfen ging die Tür auf. Nun stand dort ein etwas in die Jahre gekommener Mann, der so aussah, als ob er geweint hätte. „Was ist denn los?", fragte sie ihn leise. „Ach nichts", sagte er und ging in die Küche. Die beiden traten ebenfalls ein und erschraken fast beim Anblick des leeren Raumes. Alle Töpfe, Pfannen, Gläser, Teller und sogar das Besteck waren verschwunden. „Was hat denn das alles hier zu bedeuten?!", sagte Alandra. „Das sagst ausgerechnet du, oder was?!" Donkano sah sie mit hochgezogenen Augenbrauen an. Alex stand nur da und wusste nicht, was er sagen sollte. „Ich komme mit euch mit, wie ihr es wolltet", sagte er. „Echt? Das ist ja fantastisch. Alex, hast du das gehört?", jubelte sie und schaute zu ihm hinüber. Er stand mit offenem Mund da und starrte die beiden mit großen Augen an. Dann brach er ebenfalls in einen Jubelschrei aus und umarmte Donkano vor Glück. „Danke, danke", schrie er fast. „Ist gut, Kleiner, aber bitte schrei nicht! Ich bin nämlich noch nicht taub", erwiderte er und schob Alex von sich weg. „So und nun? Wie soll es weitergehen?", fragte er gespannt. „Da wir unsere Sachen, die wir brauchen, schon besorgt haben, können wir los", antwortete Alandra.

Ein merkwürdiges Treffen

„Und wie soll es jetzt weitergehen?", fragte Donkano schließlich, als sie die Stadt ein paar Meilen hinter sich gelassen hatten. „Ich bin dafür, dass wir uns noch ein paar Männer an Bord holen. So, wie ich das sehe, wird unsere Mission nicht einfach werden", sagte Alandra sofort, ehe Alex was dazu sagen konnte. „Dafür wäre ich aber auch. Ich habe nicht die besten Erfahrung im Kam-pf und außerdem bin ich doch eh nur der Koch", setzte Donkano hinzu. Nun blickten die beiden zu Alex hinüber. „Ich bin da ganz eurer Meinung", meinte er nur. Kurze Zeit später steuerten sie einen Hafen einer kleinen Insel an, auf der nur wenige Häuser und ein großes Gasthaus standen. Alex sprang als Erster vom Schiff und sah sich um. Dabei erblickte er ein riesengroßes Schiff, das ebenfalls dort vor Anker lag. „Scheint so, als ob der Lärm da drin von denen kommt", meinte er und ruckte mit dem Kopf zum Schiff hinüber. „Dann kommt und lasst uns mal nachschauen, was da los ist", meinte Alandra und ging auf das Gebäude zu. Je näher sie kamen, desto lauter wurde es. Nun stieß sie die Tür auf und trat hinein. Es herrschte lautes Treiben: Es wurde geredet, gelacht und getrunken. „Hier scheint ja echt viel los zu sein, aber stickig ist es hier leider auch", grummelte Alandra und ging schließlich, von Donkano und Alex gefolgt, zu ein-em leeren Platz ganz hinten in einer Ecke. Nun setzten sie sich und ließen sich drei Krüge

Malzbier bringen. Während sie ihr Bier tranken, sah sich Alex um. Plötzlich blieb ihm fast sein Herz stehen, als er an einem Tisch seinen alten Freund Leon sah, der sich mit mehreren Männern unterhielt. „Herzlichen Glückwunsch, Leon", hörte er jemanden sagen und sah, wie die Gläser erhoben wurden. Von den ganzen Ereignissen der letzt-en Tage übermannt, hatte Alex total vergessen, dass heute Leons Geburtstag war.

Leon saß mit Mirondo und seinen Kameraden an einem langen Holztisch, wo er sich ganz aufgeregt mit ihnen unterhielt. Nun ging die Tür auf, und ein kleiner Luftzug streifte sein Gesicht. Dann bemerkte er, dass drei Personen den Raum betraten und sich an einen entfernten Tisch setzten. Nach einiger Zeit sah er aus den Augenwinkeln, wie der Jüngste von den dreien zu ihm hinüberstarrte. Nun drehte Leon seinen Kopf und betrachtete den Jungen genauer. Plötzlich hatte er ein seltsames Gefühl in der Magengegend. Er sah dort nicht irgendeinen Jungen sitzen, sondern Alex. ‚Was macht er denn hier? ‘, fragte er sich. Nach einiger Zeit sah er wieder weg und feierte weiter. Ab und zu warf Leon noch einen Blick hinüber, um zu schauen, was dort vor sich ging. „Warum schaust du denn immer zu dieser Gruppe hinüber?", fragte Mirondo verwundert. „Siehst du den Jungen dort? Das ist mein ehemaliger Freund Alex, von dem ich dir erzählt habe." „Echt? Was macht er hier?" „Keine Ahnung." Nun stand Leon auf. „Ich bin mal kurz draußen ein bisschen Luft schnappen."

Kurze Zeit spät-er stand er draußen vor der Tür und sog die frische Luft ein. Dann schloss er die Augen und ließ das Rauschen des Meeres auf sich wirken. Nach ein paar Minuten öffnete er sie wieder und blickte auf ein weiteres Schiff, das dort vor Anker lag. Plötzlich hörte er, wie hinter ihm die Tür geöffnet wurde. Neugierig drehte Leon sich um und stand Alex gegenüber. „Was willst du?", blaffte Leon und funkelte ihn wütend an. „Ich wollte mich bei dir entschuldigen und fragen, wie es dir geht", entgegnete Alex. „Es tut mir schrecklich leid, was ich euch beiden zugemutet habe, ehrlich. Ich wollte so was nie tun." „Hast du aber." Dann schwiegen sie eine Zeit lang – sie redeten kein Wort miteinander. Schließlich sagte Leon: „Auch wenn du jetzt versuchst, unsere Freundschaft wieder aufzubauen, es wird nichts nützen, weil ich keine Lust mehr habe, dein kleiner Freund zu sein, der in deinen Augen eh nur dumm ist. Wenn du mir jetzt nichts mehr zu sagen hast, ist hiermit das Gespräch beendet." Dann ging Leon zum Gasthaus hinüber, ohne ihn auch nur eines Blickes zu würdigen. Er hatte schon die Hand auf der Türklinke, als Alex sagte: „Was ist mit Norman passiert? Warum ist er nicht mehr bei dir?" „Er ist freiwillig gegangen, als ich mich entschieden habe, der Bande beizutreten", antwortete Leon gleichgültig und betrat das Gasthaus. Drinnen setzte er sich wieder zu seiner Crew. „Was denkt er sich dabei? Meint er etwa, dass ich wieder etwas mit ihm zu tun haben will, nach dem, was er angerichtet

hat?", dachte er. „ Hey. Was ist denn los mit dir?",
fragte Mirondo und stupste ihn leicht an. „Erzähle ich
dir später", murmelte Leon und feierte weiter, ohne
an Alex zu denken.

Einige Stunden später war die Party zu Ende. Sie
verließen die Kneipe und schlenderten zum Schiff
hinüber. Nachdem Leon sich umgezogen hatte,
setzte er sich in seine Kajüte an den Tisch und
wartete. Kurze Zeit später betrat Mirondo den Raum
und schloss die Tür. „Erzähl mal. Was war denn los
mit dir?", fragte er. „Ich bin unerklärlicherweise Alex
begegnet", antwortete Leon. „Und wie hat er so auf
dich reagiert?" Nun berichtete er Mirondo in knappen
Sätzen, was geschehen war. Als er geendet hatte,
drehte Mirondo sich zu ihm um und erwiderte: „Da
kommt er tatsächlich zu dir und entschuldigt sich.
Das ist doch gut oder etwa nicht?" „Ja, schon. Aber
ich kann ihm einfach nicht trauen, nachdem …"
Ohne den Satz zu beenden, wandte er sich einem
neuen Thema zu. „Was steht morgen an? Wollen wir
weiter?" „Das weiß ich noch nicht, aber ich denke
schon", entgegnete Mirondo. Dann stiegen sie ins
Bett und schliefen ein.

Der Ruf des Meeres

Inzwischen waren Mira und Norman aus dem Bus gestiegen und legten nun den Weg zu Fuß zurück. Sie gingen gerade durch ein kleines Waldstück, als Mira plötzlich stehen blieb. „Norman, warte. Ich kann nicht mehr", sagte sie und stemmte die Hände in die Hüften. „Es sind nur noch ein paar Meter, Mira. Dann kommen wir an einer Hütte vorbei, in der wir Rast machen können." „Woher willst du das wissen?" „Ich bin durch diesen Wald gekommen, als ich nach Hause gelaufen bin", erwiderte er. Dann setzten sie ihren Weg fort. Mira musste feststellen, dass Norman recht hatte. Er stand bereits an der Tür und hielt sie für sie auf.

Während Norman seine Sachen abstellte und ein paar Knabbereien aus seinem Rucksack zog, schaute Mira sich aufmerksam um. „Schön, diese Hütte. Ich frage mich, wer sie gebaut hat." „Na ja. Hauptsache ist doch, dass wir ein Dach für die Nacht über dem Kopf haben." Nun setzten sie sich gemeinsam auf ein Bett und aßen etwas. Eine halbe Stunde später begann die Sonne unterzugehen und tauchte die Hütte in ein feuerrotes Licht. Während Mira den Sonnenuntergang betrachtete, schaltete Norman die Lampen an. Schließlich wurde es draußen dunkel. Man hörte die Grillen zirpen. Einige Zeit später schlüpften sie in ihre Betten und zogen sich die Decke bis zum Kinn. Dann hörte Norman nur noch das leise Atmen von Mira und schloss die

Augen.

Es war tief in der Nacht, als er wieder aufwachte. Auf der gegenüberliegenden Seite bewegte sich etwas. Schließlich hörte er Mira flüstern: „Norman, bist du wach?" Zur Bestätigung ließ er ein leises Brummen von sich hören. „Kannst du auch nicht mehr schlafen?" Jetzt drehte er sich auf die Seite und schaute zu ihr hinüber. „Nein, irgendwie nicht mehr so wirklich. Ich muss die ganze Zeit daran denken, was uns morgen erwartet", antwortete er noch etwas schläfrig. „Das geht mir genauso. Ich war noch nie so lange ohne meine Eltern von zu Hause fort, aber ich freue mich schon sehr auf das Abenteuer."

Kurze Zeit später fiel der erste Sonnenstrahl in die Hüt-te und ließ die beiden Teenager blinzeln. Endlich schlüpften sie aus den Betten und legten sie ordentlich zusammen. Die Rucksäcke über den Schultern, ver-ließen sie die Hütte und setzten ihren Weg fort.

Es war gerade mal eine Stunde Fußmarsch vergangen, als sie ihr Ziel, die Herberge, erreichten. Auf einmal überkam Norman ein mulmiges Gefühl, als er aufs Meer hinausschaute. Dann tauchten Bilder vor seinem geistigen Auge auf, die seinen Freund Leon zeigten, und er fragte sich, wie es ihm jetzt wohl ergehen mochte.

Auf einmal tippte ihm Mira auf die Schulter. Er zuckte zusammen. „Was ist denn los?", fragte sie. „Ich musste gerade an meinen Freund denken, mit dem hier alles begonnen hat. Er ist jetzt der Bande beigetreten und hat es geschafft, dass ich ohne Schaden von Bord gehen konnte." „Das war ja eine nette Geste von ihm. Ihr wart bestimmt ein Superteam, oder?", stellte Mira fest. „Na ja. Er hat mich am Anfang genauso behandelt wie Alex. Aber mit der Zeit hat er sich für mich eingesetzt und beschützt." Einen Moment lang blickten sie sehnsüchtig auf das weite Meer hinaus, bis Norman klar wurde. warum sie überhaupt hierhergekommen waren. Danach gingen die beiden zur Herberge hinüber, dessen Tür Norman öffnete. Innen sah es noch genauso aus, wie er es in Erinnerung hatte. Hinter der Rezeption saß die ältere Dame, die ihren Kopf hinter einer Zeitschrift versteckt hielt. Als Norman an den Tresen trat, hob sie den Kopf und schaute ihn verblüfft an. „Was führt dich denn hierher? Suchst du die Eltern deines Freundes?", fragte die Dame neugierig. „Nein, das hat sich schon erledigt. Aber könnten Sie mir bitte sagen, wo wir ein Boot herbekommen können?" Während er sprach, wanderte der Blick der Frau zu Mira hinüber, und sie begann zu schmunzeln. „Ich habe leider keins, aber jeden Dienstag kommt hier ein kleines Schipperboot vorbei, das von hier zur nahe gelegenen Insel und wie-der zurück fährt", erwiderte sie. Norman überlegte kurz. Dann meinte er: „Hm ... wäre gar nicht so schlecht. Ich denke, wir sollten bis morgen hier übernachten." Mira sah ihn an und nickte. Danach bezogen sie ein Zimmer und ließen sich aufs Bett fallen. „Scheint so, als ob wir richtig gut vorankommen", sagte sie und lächelte. „Ja, das stimmt", pflichtete er ihr bei.

Ein paar Stunden später wurde es dunkel. Die Straßenbeleuchtung ging an. Nun verließen sie ihr Zimmer und gingen hinaus, um sich im Mondschein das Meer anzuschauen. Als Norman zur Bucht hinüberschaute, wurde ihm ganz flau. ‚Was wäre geschehen, wenn Alex dort nicht hingerannt wäre? Wären wir dann noch befreundet?', ging es ihm durch den Kopf. „Norman, kommst du?", fragte Mira und riss ihn aus seinen Gedanken.

Am nächsten Morgen standen Norman und Mira früh auf, damit sie noch das Boot erwischen konnten. Nachdem sie die Betten abgezogen und ihre Sachen gepackt hatten, gingen die beiden in die Mensa hinunter und aßen etwas zum Frühstück. Nachdem sie sich gut gestärkt hatten, holten sie ihre Sachen, bezahlten das Zimmer und gingen dann nach draußen. Draußen erblickten sie sofort das kleine Schiff, das an einem Steg ankerte. Norman ging zügig darauf zu, während Mira hinter ihm hertrottete. Dann verwickelte er einen Mann ins Gespräch, der gerade alles für die Abfahrt bereitmachte. „Hey, Sie da. Würden Sie uns auf Ihrem Kahn mitnehmen?", fragte er den Mann und deutete auf Mira und sich. Der musterte die beiden. Dann erwiderte er: „Ja, ihr könnt mitfahren, aber nur wenn ihr Geld dabei habt." Sofort zog Norman seine Geldbörse aus der Tasche und gab dem Mann ein paar Scheine. Der

Unbekannte nickte und bedeutete den beiden, aufs Schiff zu kommen. „Ich heiße Ramon. Falls ihr was benötigt oder wissen wollt, dann kommt zu mir", sagte er gelassen. Mira und Norman bedankten sich bei ihm und brachten ihr Gepäck unter Deck. Kurze Zeit später lief das Boot aus und entfernte sich langsam, aber stetig vom Festland.

Als Alex so an einen Baum gelehnt saß und über das Gesprochene nachdachte, wurde ihm zum ersten Mal richtig bewusst, was in den vergangenen Tagen so alles passiert war. Nun ließ er alles vor seinem geistigen Auge vorbeilaufen und betrachtete die Bilder etwas genauer. Plötzlich ging die Tür des Gasthauses auf und Alandra streckte den Kopf heraus. „Da bist du ja. Wir haben uns schon Sorgen gemacht", sagte sie und schlenderte auf ihn zu. „Was ist denn los? Du warst auf einmal so lange weg." Doch Alex hörte ihr überhaupt nicht zu, sondern blickte immer noch wie erstarrt zu Boden. Erst nach ein-er Zeit realisierte er, dass jemand zu ihm getreten war. „Was ist denn los?", fragte er und schaute Alandra verstört an. „Ich habe dich eben ein paar Mal gefragt, was mit dir los sei. Weil du so lange weg warst, haben Donkano und ich uns Sorgen gemacht." „Ach so. Tut mir leid. Ich habe hier eben jemanden getroffen und musste dann ein wenig über etwas nachdenken", erwiderte er und stand auf. „Meinst du den Jungen, der vorhin aufgebracht das Gasthaus betreten hat?" Alex sah sie erstaunt an und wollte etwas erwidern, aber dann nickte er nur. „War das einer deiner Freunde, von denen du mir erzählt hast?" „Ja... ." Plötzlich hatte er einen Kloß im Hals und versuchte zu schlucken, aber es half alles nichts. Schließlich begann er zu weinen und brach in Alandras Armen zusammen. Es gab nur wenige Tage, an denen Alex geweint hatte. Die ganze Zeit über hatte er versucht, stark und cool zu sein. Aber jetzt, in diesem einen Moment, brach alles aus ihm heraus, was er zurückgehalten hatte. Irgendwann trat Donkano hinzu, aber das bekam Alex vor Erschöpfung gar nicht mehr mit. Ganz plötzlich hörte sein Schluchzen auf – er begann wieder normal zu atmen. „Scheint, als sei er jetzt eingeschlafen", flüsterte Alandra. „Ja. Ich kann es ihm auch nicht verübeln, nachdem er so viel auf sich genommen hat." Dann bückte Donkano sich und nahm Alex aus ihren Armen, trug ihn zum Schiff und legte ihn in eine Koje. Danach gesellte er sich wieder zu Alandra und lehnte sich an den Baum. „Ich bin echt überrascht, wie hart dieser Junge ist und dass er trotzdem Gefühle zeigen kann", sagte Donkano und blickte zum Himmel empor. „Wie kam es eigentlich dazu, dass du dich mit ihm herumtreibst?" „Na ja, es war eher ein Zufall, dass ich ihm begegnet bin. Ich habe ihn gefunden, als ich unterwegs war. Er ist ohnmächtig geworden, nachdem er sich vor einem Hai auf ein kleines Stück Brett retten konnte", erwiderte sie. „Eine ganz schön heftige Story", sagte sie mit aufgeregtem Ton in der Stimme.

Während die beiden sich draußen unterhielten, schlief Alex immer noch ganz tief. Plötzlich träumte er von Leon und Norman, wie sie im Garten als Piraten verkleidet herumtollten. Nun flossen kleine Tränen an seinen Wangen hinunter und tropften auf sein T-Shirt. Auf ein-mal tauchten die unbekannten Männer auf, woraufhin die Freunde verblassten. Jetzt öffnete er die Augen und setzte sich auf. „Die Männer", dachte er, stieg aus der Koje und verließ das Schiff. Alex sah Alandra und Donkano, die miteinander sprachen. „Hey Alex. Alles okay bei dir?", fragte sie ihn etwas besorgt, als sie die Spuren seiner Tränen bemerkte. „Ja, es ist alles gut." Nun setzte er sich zu ihnen und starrte gedanken-verloren zu Boden. Danach sagte er: „Ich habe von den Unbekannten geträumt. Ihr wisst schon. Die Männer, die das Amulett geklaut haben." Alandra und Donkano starrten ihn an. „Was hast du jetzt vor?" „Wir müssen uns noch ein paar Leute an Bord holen, damit wir wenigstens eine Chance haben, uns gegen sie zu stellen." „Hast du ja selber vorgeschlagen", setzte er noch an Alandra gewandt hinzu. „Ja, das stimmt. Ich würde vorschlagen, dass wir uns hier umhören. Im Gasthaus sind genug Menschen. Vielleicht haben wir Glück damit." Am Ende des Tages hatten sie ein paar Männer zusammen, die sich zum Mitmachen entschlossen hatten. Zwei Tage später verließen sie die Insel und segelten Richtung Westen.

Ein seltsamer Junge

Mira Rumpers war gerade mal sechs Jahre alt, als sie mit ihren Eltern nach Rockswill gezogen war. Sie ging wie jedes andere Kind zur Schule und beteiligte sich am Unterricht. Doch jeder Tag, an dem Mira das Schulgebäude betrat, wurde zu einer Qual. In ihrer Klasse fühlte sie sich gar nicht wohl, ständig wurde sie geärgert und konnte sich nicht dagegen wehren. Inzwischen waren acht Jahre vergangen, und Mira war zu einem hübschen Teenager herangewachsen. Jetzt war sie nicht mehr das kleine Mauerblümchen, sondern ein selbstbewusstes und starkes Mädchen. Zurzeit besuchte sie die achte Klasse eines Gymnasiums und war mit ihrer jetzigen Klasse sehr zufrieden. Einmal hatte sie in der Pause von einem Mitschüler mitbekommen, dass ein Junge aus ihrer Klasse auf unerklärliche Weise verschwunden wäre und keiner wüsste, wo er steckte. Dann, nach mehreren Wochen, betrat ein Junge, den Mira hier noch nie gesehen hatte, den Klassenraum und kam auf sie zu. Ohne Vorwarnung blaffte er sie an, was sie auf seinem Platz zu suchen hätte. Mira erwiderte nichts. Eher war sie sehr froh darüber, dass in diesem Moment die Lehrerin den Klassenraum betrat. Am Ende des Tages war sie glücklich darüber, dass sie an Norman Anschluss gefunden hatte, mit dem sie auf gleicher Wellenlänge zu sein schien.

    Eines Abends trafen sich die beiden im Park und plauderten eine Runde. Plötzlich hatte Norman eine

Idee, mit der Mira sofort einverstanden war. Jetzt stand sie mit ihm an der Reling eines kleinen Schiffs und schaute aufs weite Meer hinaus. „Echt schön hier", sagte sie und lehnte sich mit den Ellenbogen auf die Planke. „Ja, das stimmt. Ich bin schon ganz gespannt, was uns erwartet." Fünfzehn Minuten später legte das Schiff an, sodass Mira und Norman an Land gingen. Nachdem sie sich ein Plätzchen zum Schlafen gesucht hatten, schlenderten sie auf der Insel umher und sahen sich um. Die Insel besaß viel Hügellandschaft, die sich auf einem gewissen Teil der Insel erstreckte. Einige hatten sich dort niedergelassen, die das Wasser eines nahe liegenden Flusses als Trinkwasser sowie zur Bewässerung ihrer Pflanzen benutzen konnten. Hinter der Siedlung befand sich eine Höhle, die ins Innere des Berges führte. Mira ging auf den Eingang zu und wollte gerade die Höhle betreten, als Norman ihr eine Hand auf die Schulter legte. „Warte." „Was ist denn?" „Komm, lass uns wieder zurückgehen und uns lieber nach einem Boot umschauen." „Na gut", sagte sie und entfernte sich vom Eingang. Nun schlenderten sie durch die Häuserreihen und blickten sich um. Plötzlich hörten sie, wie jemand etwas angsterfüllt sagte: „Nein. Ich habe kein Boot für euch, ehrlich." Mira und Norman starrten sich an, nickten und schlichen in die Richtung, aus der die Geräusche kamen. Als sie dort ankamen, sahen sie einen schwarz gekleideten Mann, der jemandem drohte. „Hey. Was machen Sie da?", schrie Norman und machte einen Schritt auf den Mann zu. Der Unbekannte drehte sich zu ihm um und sah ihn an. „Was willst du, Strolch. Geh spielen und lass uns hier in Ruhe", blaffte der Mann. Mira stand da und schaute Norman verwundert an. „Ist ja seltsam. Soll das der Norman sein, den ich kennengelernt habe?", dachte sie sich. ‚Er scheint viel selbstbewusster zu sein, als er es eh schon war. Wie komisch es doch ist, wie sich die Menschen von einem Moment auf den anderen verändern.' Norman blickte den Mann wütend an und sagte: „Ich dulde keine Drohungen und schon gar nicht an unschuldige Personen." „Und das sagt ein Knirps zu mir!" „Ja und. Ich möchte nur, dass Sie diesen Mann in Ruhe lassen." „Halt dein vorlautes Mundwerk", brüllte der Mann und schubste ihn unsanft von sich weg. Der Druck war so stark, dass er stolperte und schließlich zu Boden ging. „Norman!", schrie Mira panisch und stürzte auf ihn zu. Norman verzog schmerzerfüllt das Gesicht. Doch dann stand er wieder auf und stellte sich dem Unbekannten entgegen. „Lass es gut sein, Junge. Der Kerl ist viel zu stark für dich", sagte der andere Mann flehend. „Genau, Bürschchen. Hör auf den alten Greis und verschwinde." Norman überlegte kurz und sagte dann: „Was wollen Sie von ihm überhaupt?" „Du wirst wohl nie aufgeben, was, Junge? Na ja, ich bin mit ihm eh fertig, aber ich werde wiederkommen", antwortete der in Schwarz gekleidete Mann und ging davon. Alle drei schauten ihm eine Weile hinterher. Danach wandte Norman sich an den etwas älteren Mann, der über sein graues T-Shirt eine grüne Latzhose trug. Sein kurzes braunes schon mit einigen grauen Strähnen durchzogenes Haar ließ ihn ein wenig älter aussehen. „Wer war das? Und was wollte er von Ihnen?", fragte Norman bestimmt. „Ich weiß nicht, wer das war", erwiderte der Mann. „Und was wollte er nun von Ihnen?", hakte er nach. „Er wollte ein Boot. Ich musste ihm aber leider sagen, dass ich keines mehr besitze. Mein Enkel, der in Agewood Town lebt, hat es einem Jungen gegeben, der es wohl ziemlich eilig hatte." ‚Agewood Town ... Junge ... kann es sein, dass ...?', fragte sich Norman. „Wie hat der Junge ausgesehen?", fragte Norman plötzlich sehr aufgeregt. „Ich weiß nicht, wie er aussah. Aber er schien im selben Alter wie du zu sein." Nun war er sich ganz sicher. Das musste Alex gewesen sein. Nachdem der Mann sich für ihre Hilfe bedankt hatte, verabschiedeten sie sich und gingen davon. „Was ist denn los mit dir?", fragte Mira etwas verwirrt. „Dieser Mann hat eben gesagt, dass sich Alex ein Boot von seinem Enkel geliehen hat. Weißt du, was das bedeutet?" „Nein." „Es bedeutet, dass er uns – Leon und mich – sucht, weil er zur Vernunft gekommen ist." „Meinst du das im Ernst?" „Es muss einfach so sein." „Und was wollen wir deiner Meinung nach tun?", fragte Mira. „Ich denke, wir sollten ein paar Tage hierbleiben und schauen, ob er wirklich kommt. Wenn er nicht kommen sollte, besorgen wir uns irgendwo ein Boot", meinte

Norman.

Nach drei Tagen vergeblichen Wartens wurde Normans Stimmung düster und enttäuscht. Er hatte so gehofft, dass Alex hier auftauchen würde. Aber noch gab er die Hoffnung nicht auf. Spät am Abend, als sie zu Bett gingen, wusste Norman noch nicht, dass sich am morgigen Abend sein Leben ändern würde.

Die Jagd beginnt

Während seiner Reise machte Alex Bekanntschaft mit einigen Männern aus der Crew und stellte fest, dass sie gar nicht so übel waren. Ragon, der meistens für gute Laune sorgte, fand er besonders nett. Gerade besprach er sich mit ihm, als Alandra den Kopf durch die Tür steckte und sagte: „Vor uns liegt eine Insel. Sollen wir dort eine Rast einlegen?" Alex stand auf, ging an ihr vorbei und trat nach draußen. Vor sich sah er eine Insel mit ganz vielen Bergen und Häusern. Alex drehte sich zu Alandra um und erwiderte: „Ja, lass uns dort eine Pause machen. Wir können dort auch eine große Mütze voll Schlaf nehmen." Und so geschah es. Die Männer wur-den informiert. Zwei Minuten später standen sie mit Sack und Pack auf festem Boden. Nun schlenderten sie durch die Gassen, bis sie in einem etwas heruntergekomm-enen Gebäude einen Schlafplatz fanden. Es stellte sich als 20 Jahre alte Herberge heraus. Aber das war Alex egal, Hauptsache, er konnte mal richtig schlafen. Der Rezeptionist schaute sie etwas verwundert an, weil noch nie so viele Menschen sein Haus betreten hatten. Nach ungefähr zehn Minuten war die gesamte Crew auf sechs Doppelzimmer aufgeteilt worden, und alle waren sehr zu frieden. Nachdem alle ihre Zimmer bezogen hatten, trafen sie sich noch mal und besprachen die Abläufe für den nächsten Tag.

Es war später Abend, als Alex die Herberge verließ und sich noch die Füße vertrat. Plötzlich hörte er hinter sich leises Fußgetrappel und blieb stehen. Ganz lang-sam drehte er sich um: Was er dann sah, konnte er nicht glauben! Vor ihm stand Norman, der ziemlich mitgenommen aussah, aber dennoch ein Lächeln hervorbringen konnte. „Was machst du denn hier?", stieß Alex vor Freude hervor. „Wir sind wegen eines Bootes hier, aber leider hat im Moment keiner eines." „Wir? Ist Leon etwa auch hier …?" „Nein. Ihn habe ich schon seit einer halben Ewigkeit nicht mehr gesehen. Warum fragst du?" Alex berichtete ihm, was in der Zwischenzeit alles passiert war und wie er Leon begegnet war. Als er geendet hatte, sah er, wie Norman den Kopf senkte und zu Boden blickte. Dieser sagte dann: „Ich habe ein paar Mal die gleichen Gedanken gehabt wie Leon, weil ich das von dir einfach so blöd fand, dass du weggerannt bist und uns im Stich gelassen hast. Aber andererseits musste ich an die schönen Erlebnisse zurückdenken, die wir hatten." Bei diesen Worten wurde Alex plötzlich weich, sodass ihm eine kleine Träne die Wange herunterlief. ‚Oh nein. Jetzt muss ich ja schon wieder weinen', dachte er sich und wischte die Träne fort. Nach wenigen Sekunden hatte er sich wieder gefasst und erwiderte: „Es tut mir leid, was ich euch beiden angetan habe. Ich habe mir auf dem Weg hierher so viele Gedanken gemacht, was jetzt aus uns wird und ob wir noch mal Freunde werden könnten so wie früher. Schließlich bin ich zum Entschluss gekommen, dass es absolut nicht richtig war, euch beide im Stich zu lassen. Freunde sollte man nie im Stich lassen – das habe ich jetzt gelernt." Norman musterte ihn etwas skeptisch. Doch dann lenkte er ein und sagte: „Ich glaube, du hast deine Lektion gelernt und wirst so was nie wieder tun. Deshalb gebe ich dir die Chance, die dir Leon nicht gewährt hat." Glücklich warf sich Alex an Normans Hals und begann heftig zu schluchzen. „Ich danke dir von … ganzem … Herzen", brachte er nur hervor. Nachdem er sich wieder einigermaßen beruhigt hatte, setzten sie sich auf eine Bank und unterhielten sich ausgiebig über die Dinge, die sie bis jetzt erlebt hatten. Als Alex zu Ende erzählt hatte, holte er die Karte hervor, die er aus dem Turm mitgenommen hatte, und zeigte sie Norman.

„Das ist ja unglaublich. Und die hast du wirklich aus diesem Turm dort?", fragte er begeistert. „Ja", sagte Alex und grinste breit. „Und was hast du damit vor?", fragte Norman ihn ganz aufgeregt. „Wir könnten ja zu diesem Ort hinsegeln", erwiderte er und deutete auf das große rote Kreuz. Plötzlich leuchteten Normans Augen vor Aufregung. Am liebsten wäre er vor Spannung in die Luft gesprungen. „Aber zuerst müssen wir eine ganz wichtige Mission erledigen, bevor wir uns ins Abenteuer stürzen", sagte Alex ernst und blickte gen Himmel. „Was denn für eine Mission?" Dann begann Alex zu erzählen, was in dem Turm geschehen war und wie er dem Geist des Mädchens begegnet war. „Ein schwarz gekleideter Typ war vor ein paar Tagen hier. Er hat einen alten Mann bedroht und meinte, dass er wieder zu ihm kommen würde." „Was sagst du da?! Hat er das Amulett bei sich getragen?" „Nein, nein. Und bitte schrei nicht so", sagte Norman. Dabei hob er abwehrend die Hände. „Entschuldige." „Also wegen des Amuletts … er hatte keins bei sich. Was ist daran so wichtig?" „Es ist ein Amulett, das eine Karte offenbart, die denjenigen in eine andere Welt voller Schätze bringt. Sie wollen die Weltherrschaft an sich reißen." „Echt? Und du willst es verhindern?", fragte Norman spannungsgeladen und sah seinen Freund lächelnd an. „Ich will, oder ich kann es tun. Aber ich möchte es auf jeden Fall, weil ich es dem Mädchen, das dort gestorben ist, schuldig bin." Nach-dem er geendet hatte, blickte er gedankenverloren zu Boden und stützte seinen Kopf auf den Händen ab. Nun legte Norman ihm einen Arm auf die Schulter und seufzte. „Oh Mann. Es ist in letzter Zeit so viel passiert. Ich möchte so gerne wissen, was Leon gerade treibt." „Ich auch, ich auch", stammelte Alex und stand schließlich auf. „Komm, lass uns zurückgehen. Wir hab-en noch ein bisschen weiterzuplanen."

Für Norman war es so, als ob ein großer Traum für ihn in Erfüllung gegangen wäre. Als er ins Zimmer zurückkam, sah er, dass Mira auf dem Bett an die Wand gelehnt saß und zu ihm besorgt hinüber sah. „Wo warst du? Ich habe mir Sorgen gemacht."

„Keine Angst. Ich war draußen ein bisschen spazieren, weil ich nicht schlafen konnte. Du kannst dir nicht vorstellen, wem ich begegnet bin", beschwichtigte er sie. „Wem denn?" „Alex! Ich habe mich wieder super mit ihm unterhalten und einige spannende Informationen erhalten." „Alex ist hier? Was hat er gesagt?", fragte sie und schaute ihn aufgeregt an. Dann begann Norman zu berichten, was er in Erfahrung bringen konnte und wie es zu dem Tref-fen kam. Als er geendet hatte, hockte Mira mit offenem Mund neben ihm auf der Bettkante und brachte kein Wort heraus. Schließlich fand sie ihre Sprache wieder. „D... Das i…ist ja unglaublich spannend", stammelte sie. „Und dieser Mann, den wir vor Kurzem gesehen haben, gehört wirklich zu dieser Organisation?" „Ja, jedenfalls meinte Alex das." „Wie krass ist das denn? Meinst du, ich könnte auch mitkommen?" „Klar, denke schon", erwiderte er und grinste sie breit an. „Das wäre ja super. So etwas wollte ich schon immer mal machen", sagte sie, stand auf und tanzte vergnügt durchs Zimmer. Als sie am nächsten Morgen zum Frühstück heruntergingen, trafen sie auf halbem Weg Alex, der gerade sein Zimmer verließ. „Morgen N…", brach er plötzlich mitten im Satz ab, als er Mira erblickte. Mira ging auf ihn zu, streckte ihm die Hand entgegen und sagte: „Ich bin Mira – Klassenkameradin und gute Freundin von Norman. Und du musst Alex sein. Norman hat schon einiges von dir erzählt." Das sagte sie in so einem schnellen Tempo, dass Alex erst mal mit offenem Mund da stand und nichts erwidern konnte. Schließlich antwortete er: „Nett, dich kennenzulernen, Mira." Grinsend sah er Norman an. „Ach, was ich dich fragen wollte …", platzte Mira heraus. „Darf ich bei eurer Miss-ion mitmachen?" Alex musterte sie von oben bis unten und sagte dann: „Aber klar doch. Können jeden Mann/jede Frau gebrauchen." Aus Dankbarkeit schmiss sie sich an seinen Hals und bedankte sich überschwänglich. „Kein Ding", sagte er und fing ver- gnügt an, zu lachen. Schließlich gingen alle drei zum Frühstück, wo Alex sie seiner Crew vorstellte. Alandra und Mira verstanden sich prächtig. Alle gingen geschlossen zum Schiff, nachdem Mira und Norman ihre Sachen aus dem Zimmer geholt hatten. Die beiden gingen noch mal zur Rezeption, um ihr Zimmer zu bezahlen. Jetzt kehrten sie zum Schiff zurück, um ein spannendes Abenteuer anzutreten.

Leon saß gerade an Deck, als er ein fremdes Schiff immer näher kommen sah. So schnell er konnte, rannte er unter Deck, um Alarm zu schlagen. Mit ihm kamen Mirondo und drei weitere Männer, die eilig hinterher hasteten. Oben wieder an Deck angekommen, sahen sie, wie es wenige Meter von ihnen entfernt einen Schuss auf sie abgab. „Ducken", brüllte Leon und legte sich auf den Boden. Zum Glück aller landete die Kugel im Wasser. „Los, wir müssen kontern. Lasst die Kan-onen fertig machen", schrie Mirondo und stand auf. „Jawohl", erwiderten sie und liefen davon. „Ein Glück, dass wir

Kanonen gekauft haben", sagte Mirondo und ging zur Reling hinüber. „Was sind denn das für welche?", fragte Leon aufgeregt und gesellte sich zu ihm. „Das sind Achtzehnpfundkanonen. Haben eine gute Schussweite und landen fast immer im Ziel." „Wow." Plötzlich ertönte unter ihm ein lautes Geräusch. Leon musste sich für einen kurzen Moment festhalten, da das Schiff leicht zu zittern begann. Nachdem das Zittern aufgehört hatte, stürzte er sofort zur Reling hinüber, um nachzuschauen. Was er dort sah, verschlug ihm den Atem: Unter ihm befanden sich insgesamt drei Kanonen, die alle auf einmal auf das gegnerische Schiff gerichtet waren. Und dann – ohne Vorwarnung – brüllte Mirondo hinter ihm: „Feuer!" Die Männer schossen zur selben Zeit ihre Munition ab. Alle drei Kanonen trafen ihr Ziel. Ein paar Minuten später begann das gegnerische Schiff auch schon zu sinken. „Das war ein Volltreffer", jubelte Leon vor Freude und klatschte mit Mirondo in die Hände. „Habe nicht zu viel versprochen, was?" „Nein, ganz und gar nicht." Leon kicherte und freute sich immer mehr darüber, dass er hier in diese Bande eingetreten war. Jeder Tag war wie ein neues Abenteuer. Ihm sah man richtig, dass er viel Spaß daran hatte.

Als am Abend die Sonne langsam, aber stetig unterging, mussten sie sich für die Nacht einen geschützten Platz suchen. Somit konnten sie das Schiff ohne Sorgen vertäuen. Leon hatte einen aufregenden und zugleich anstrengenden Tag hinter sich. Er war sehr froh darüber, dass er schlafen gehen konnte.

Kurz nachdem er aufgestanden war und sich fertig gemacht hatte, ging Leon hinaus aufs Deck und genoss die ersten morgendlichen Sonnenstrahlen. Als er zum Himmel emporschaute, sah er einen riesengroßen Weißkopfseeadler, der ganz ruhig über dem Wasser seine Runden drehte. Für Leon war es ein wohliges Gefühl, dem Tier bei seinem Beutezug zuzuschauen. „Ach, wäre es schön, wenn ich auch so unbeschwert durchs Leben gleiten könnte", dachte er sich. Eine gewisse Zeit lang beobachtete er den Vogel, bis ihm schließlich langweilig wurde. Nun lehnte er sich gegen die Reling und ließ die Seele baumeln.

Am späten Nachmittag brannte die Sonne so kräftig, dass er sich unter Deck zurückzog. „Wie lange hat der Kapitän vor, hierzubleiben?", erkundigte Leon sich bei einem seiner Crewmitglieder. „Keine Ahnung. Lass dich doch einfach mal überraschen." Da Mirondo für etwas anderes abgestellt worden war, wusste er nicht so recht, was er mit dem Rest des Tages anfangen sollte. Nach einer Beschäftigung suchend, schlenderte Leon durch die Gänge. Nirgends fand er etwas Interessantes. Schließlich blieb ihm nichts anderes übrig, als sich in seine Kabine zu begeben. Dort legte er sich aufs Bett und starrte mit leerem Blick an die Decke. „Mann, wie langweilig. Kann nicht mal etwas Spannendes passieren?", grummelte er vor sich hin. Irgendwann hatte er es satt, die Zeit auf dem Bett zu verschwenden, und ging hinauf aufs Deck. Oben angekommen, sah er ein Schauspiel, das er noch nie gesehen hatte und das ihn vollkommen in seinen Bann zog. Die untergehende Sonne sah so aus, als ob sie Fühler ausstrecken würde und das Wasser sanft Wellen schlagen ließ. Leon war von diesem Anblick so hingerissen, dass er nicht bemerkte, wie es um ihn herum immer dunkler wurde. Kurze Zeit später wurden auf dem Schiff alle Lampen eingeschaltet. Doch Leon hatte überhaupt keine Lust, nach drinnen zu gehen – im Gegenteil. Er kletterte die Strickleiter hinunter und entfernte sich. Hinter den Fel-sen war es windgeschützt. Aber da der Abend doch ziemlich frisch war, zog er seine Jacke noch enger zu. Zum Glück hatte er sich, bevor er hinausgegangen war, eine lange Hose angezogen, die ihn jetzt einigermaßen warm hielt. Plötzlich, als er kaum 100 Meter weitergegangen war, leuchtete vor ihm ein schwaches blaues Licht auf. Als er um die letzte Ecke gebogen war, sah Leon etwas, was er in seinen Träumen nie zu sehen gewagt hätte. Dann entfuhr seiner Kehle ein lauter Schrei, und er blieb regungslos stehen.

Alex freute sich sehr darüber, Norman wieder gefun-den zu haben. Es war zwar noch nicht so wie am Anfang des Abenteuers, aber er versuchte, aus dieser Situation das Beste zu machen. Gerade lag Alex auf dem Deck und schaute gen Himmel, als

Norman zu ihm trat. „Herrliches Wetter, nicht wahr?"
„Ja, auf jeden Fall." „Wo, denkst du, halten sich die
Typen auf?" „Keine Ahnung. Womöglich auf einer
gottverlassenen Insel, die man schwer findet, oder
so", erwiderte Alex. Auf einmal tauchte Mira neben
den beiden auf. Vor lauter Schreck stockte Norman
der Atem. Alex jedoch begann zu lach-en. „Das ist
nicht komisch", sagte Norman beleidigt.
„Ach komm schon. So dolle erschreckt habe ich dich
doch gar nicht", meinte sie nur. „Na ja, ich habe eben
euer Gespräch mitbekommen. Ich denke, dass diese
Männer ihr Quartier auf einer ganz normalen Insel
hab-en. Vielleicht sogar in diesem Gebäude dort",
sagte sie und grinste. Nun hoben sie die Köpfe und
schauten auf ein großes Gebäude, das nur aus
Backsteinen bestand. Daneben befanden sich drei
Häuser, die mit dem Komplex verbunden zu sein
schienen. Plötzlich ging Alex ein Licht auf.
„Deswegen wurden sie bis zum heutigen Tag nicht
gefunden. Alle haben nur nach groß-en Inseln
Ausschau gehalten, aber sie haben nicht an die
kleinen Unterschlüpfe gedacht." „Richtig. So sehe ich
das auch", bestätigte Mira eindringlich. Wenige
Minuten später befanden sich die drei auch schon
vor dem turmartigen Gebäude. Als das Schiff
festgemacht war, stieß Alandra ebenfalls dazu. „Und
ihr seid euch wirklich sicher, dass es das hier ist?"
„Hundertprozentig sind wir das nicht, aber wir
glauben, es", meinte Alex. Alandra war noch nicht
überzeugt davon, aber dennoch blieb ihr nichts

115

anderes übrig, als sie zu begleiten. Bevor sie die Türklinke runterdrückten, hielt sie noch kurz inne und sagte den Männern: „Kommt uns nach zehn Minuten hinterher, okay. Falls es wirklich die sind, für die wir sie halten, brauchen wir jeden Mann an unserer Seite." Als sie geendet hatte, bekam sie Glückwünsche und zustimmendes Gemurmel zu hören. „Ich danke euch." Kurz darauf betrat sie mit den beiden das Gebäude. Gleich nachdem sie durch die Tür waren, knallte diese laut ins Schloss. Der Knall war so laut, dass sie sich erschrocken umdrehten. Nachdem sich alle wieder einigermaßen beruhigt hatten, setzten sie ihren Weg fort. Ein paar Meter weiter hinten befand sich eine Art Tunnelsystem.

Es gab drei Wege, die in unterschiedliche Richtungen verliefen. „So, Leute. Und welchen Weg nehmen wir jetzt?", fragte Alandra. „Lasst uns doch einfach die goldene Mitte nehmen. Da wir wahrscheinlich eh in der Höhle des Löwen sind, ist es egal, wem wir als Erstes begegnen", sagte Alex bestimmt und bewegte sich auf den mittleren Gang zu. Kurz danach folgten ihm die anderen. Es waren gerade mal fünf Minuten vergangen, als sie am Ende des Tunnels ein gleißend helles Licht sahen. Ganz plötzlich befanden sie sich in einer riesigen Halle, in der hektisches Treiben herrschte. „Wer seid ihr, und was wollt ihr hier? Haut ab, wenn euch euer Leben lieb ist", hörten sie jemanden brüllen. Ein schwarz gekleideter Mann kam mit schnellen Schritten auf sie zu. Sein Mantel reichte weit bis übers Knie und versteckte somit eine feine Samthose. Seine Schuhe glänzten im hellen Licht, sodass Alex eine Hand vor seine Augen halten musste. Plötzlich überkam ihn ein sehr merkwürdiges Gefühl, als ob er diesen Mann schon irgendwo gesehen hätte. Ihm fiel ein, was ihm an dem Mann so bekannt vorkam – der Gang. Als er damals unter dem Bett gekauert hatte, konnte er nur die Schuhe erspähen. Für ihn stand es außer Frage: Es war dieser Mann. Jetzt gab Alex den anderen ein Zeichen, dass sie von hier verschwinden sollten. Schnell kehrten sie um. Als sie wieder am Anfang des Tunnels standen, stellte Alandra Alex zur Rede. „Warum hauen wir jetzt, wo wir so nah dran sind, ab? Hast du den Typen nicht gesehen?" Alex hob abwehrend die Hände und entfernte sich einen Schritt von ihr. Dann erwiderte er: „Genau. Dieser Typ ist der, der im Zimmer war. Ich habe mich damals unter einem Bett versteckt." „Bist du dir sicher?", fragte Norman. „Seinen Schritt werde ich nie ver-gessen." „Wenn dem so ist, brauchen wir Verstärkung", sagte Alandra. Alex nickte ihr zu, woraufhin sie zum Ausgang lief. „Und was machen wir jetzt?", fragte Norman ängstlich. „Wir warten erst mal, bis Alandra wieder da ist. Dann greifen wir an." „Ein guter Plan", sagte jemand. Vor Schreck blieben sie stehen und schauten angstvoll in die Richtung, aus der die Stimme kam.

Leon stand da und wusste nicht, was er sagen sollte. Vor ihm befand sich eine Tropfsteinhöhle, die in den schönsten Farben schillerte. Plötzlich hörte er hinter sich Fußgetrappel und drehte sich um.

Mirondo kam mit zwei anderen im Schlepptau auf ihn zugerannt. Als sie das wunderschöne Szenario erblickten, staunten sie sprachlos. „Ist das nicht toll, Jungs? Einfach fantastisch", sagte Leon und machte einen Schritt auf den Eingang zu. „Leon, warte." „Was ist denn?" „Geh da nicht rein.

Du weißt nicht, was dich dort erwartet", flehte Mirondo. „Na und. Mir ist es egal. Ich will in dieses Abenteuer", sagte Leon. Jetzt tat er den ersten Schritt in die Höhle. Sein Herz pochte wahnsinnig vor Aufregung. Vor ihm leuchtete alles in einem dunklen Lila. Zuerst konnte er kaum etwas erkennen, aber nach ein paar Minuten hatte er sich an den Anblick gewöhnt. Überall erstreckten sich die Kristalle und säumten den Weg. Ganz langsam machte er den ersten Schritt, damit er den grandiosen Anblick genießen konnte. Einige Zeit später kam er an eine Hängebrücke, deren Bretter ziemlich morsch aussahen. Doch das schreckte Leon nicht davon ab, sie zu betreten. Vorsichtig trat er auf das erste Brett und schaute nach unten. Dort befand sich ein ganzes Meer von Kristallen, die ihrem Glanz freien Lauf ließen. Dann, nachdem er noch ein paar Schritte gemacht hatte, brach plötzlich ein Brett. Von Panik getrieben, versuchte er sich an einem Seil festzuhalten und wäre dabei fast in die Tiefe gestürzt. Doch er hatte Glück, dass Mirondo zu diesem Zeitpunkt gekommen war. Zusammen mit

Kanin, der ebenfalls in die Höhle gelaufen war, zog er ihn wie-der hinauf. „Vielen Dank, Leute", sagte Leon keuchend. „Mach nie wieder so einen Blödsinn, ansonsten weilst du früher oder später nicht mehr unter uns", wies Kanin ihn zurecht. „Ich wollte doch nur über die Brücke. Wer kon-nte denn ahnen, dass sie zusammenbricht?" „Keiner." Schmachtend schaute Leon zum anderen Ende hinüber und malte sich die wunderbarsten Abenteuer aus, die er dort erleben würde. Bevor er etwas sagen konnte, zerstörte Mirondo sein Vorhaben. „Nein, du wirst nicht dort herüber gehen. Auch wenn wir etwas hätten, mit dem du es schaffen würdest, würden wir es nicht zulassen." „Woher?", fragte er verdutzt. „Er hat es schon an deinem Blick gesehen", sagte Kanin belustigt. Schmollend blickte Leon die beiden an. Dann verließ er mit ihnen die Höhle. Vor dem Eingang wurden sie schon sehnsüchtig erwartet. „Was ist denn geschehen?", fragte einer der drei. „Ach, unser kleiner Freund hier wollte sich todesmutig in ein Abenteuer stürzen", sagte Kanin und klopfte Leon auf die Schulter. Ohne ein Wort zu sagen, drängte er sich an den dreien vorbei und ging zum Schiff zurück, auf dem inzwischen ein reges Treiben herrschte. Alle wollten wissen, wo er war und was vorgefallen war. Leon hatte keine Lust, ihnen alles zu erzählen, und zog sich unter Deck zurück. Später, als er in seiner Kabine auf dem Bett lag, überlegte er, wie es wohl mit Norman und Alex gewesen wäre. *Bestimmt hätten wir alles gesehen,*

was wir sehen wollten, dachte er. Ein paar Sekunden
später verwarf er den Gedanken wieder und ging an
Deck. Oben angekommen, bemerkte er, dass sie
sich bereits wieder auf offener See befanden. Der
Wind blies durch seine Haare, und Leon genoss
diesen gewaltigen Anblick des Meeres. Nun würde
seine Reise in ungewisse Gewässer verlaufen, die er
noch nie gesehen hatte. Darauf freute er sich schon
sehr und fieberte dem Abenteuer entgegen.

Alex und Norman wieder vereint

Nun sahen sie, wie Mira aus der Dunkelheit auf sie zuging. „Oh, Mira. Du hast uns voll erschreckt", sagte Alex und fasste sich an die Brust. „Wo hast du Alandra gelassen?" „Sie wollte gleich nachkommen. Als sie draußen ankam, wusste ich, dass etwas geschehen war, und bin hineingegangen", erwiderte sie. „Dann wird sie wohl gleich kommen." Und so war es auch. Zwei Min-uten später kam Alandra mit mehreren Männern im Schlepptau auf sie zu. „So Jungs. Hier sind wir. Wann soll es losgehen?", sagte sie. Sie steckten die Köpfe zusammen und berieten, was zu tun war. Schließlich gingen sie wieder in das Tunnellabyrinth. Dann, nach weiteren Minuten, gelangten sie wieder in den großen Raum. Alex verließ die Gruppe und stellte sich in die Mitte des Raumes, wo alle ihn sehen konnten. Dann brüllte er: „Ich weiß, wer ihr seid und was ihr vorhabt! Und ich weiß auch, dass sich das Amulett in eurem Besitz befindet. Gebt es dem Mädchen zurück, damit sie endlich in Frieden ruhen kann." Während er schrie, blieben alle stehen und schauten Leon an. „Woher weißt du von dem Mädchen und dem Amulett?", hörten sie plötzlich eine Stimme. „Ich war in dem Zimmer, in dem ihr gewütet habt. Sie hat mich abgefangen und es mir erzählt", antwortete Alex. „Dann ist dein Schicksal von nun an besiegelt. Da du ein Mitwisser bist, sind wir gezwungen, dich zu eliminieren", sagte die Stimme. „Wer bist du

überhaupt? Warum zeigst du dich denn nicht?",
brüllte Alex. „Wie du willst." Plötzlich ging weiter
oben eine Tür auf, und ein stämmiger Mann trat
hinaus. Unter seinem schwarzen Ledermantel trug er
ein schwarzes Hemd mit einer weißen Krawatte.
Seine Schuhe und Hose waren ebenfalls schwarz
wie die Sonnenbrille, die seine Augen bedeckte.
„Warum macht ihr das eigentlich alles?", fragte Alex
den Mann forsch. „Wir haben unsere Gründe. Aber
jetzt ist Schluss mit dem Spielchen. Männer, macht
ihn fertig." Kaum hatte er das gesagt, stürmte eine
Horde Männer gleichzeitig auf ihn zu. Im selben
Moment brüllte Alandra einen Befehl. Folglich griffen,
die hinter ihr standen, in das Spektakel ein. Norman
gesellte sich zu Alex, der sich kurz nach dem
Ansturm eine Schutzbietende Ecke gesucht hatte.
„Was hast du nun vor, Alex?", fragte er. „Ich will ihn
herausfordern, um an das Amulett zu gelangen",
erwiderte er entschlossen. Kurze Zeit später lief er
wie von einer Tarantel gestochen los, dicht gefolgt
von Norman. Schließlich standen sie vor dem Mann,
der sie herablassend beäugte. „Los, geben Sie uns
das Ding, und wir verschwinden wieder." „Wie kommt
ihr darauf, dass ich es euch aushändige?" „Weil wir
in der Überzahl sind", sagte Alex selbstbewusst und
versuchte den Mann mit einem Faustschlag aus dem
Gleichgewicht zu bringen. Der Unbekannte wich dem
Schlag gekonnt aus. Norman sah seine Chance
gekommen und trat ihm mit voller Wucht gegen das
Schienbein. Der Mann keuchte auf vor Schmerz und

fasste sich ans Bein. Da er jetzt abgelenkt war, konnten sie in den Raum gelangen, aus dem er gekommen war. Dort durchsuchten sie die Schubladen und schmissen Papiere vom Tisch. Doch sie fanden nichts, bis Norman auf einen Safe aufmerksam wurde, der weiter hinten in einer Ecke stand. Er stupste Alex an. Beide liefen darauf zu. „Wir brauchen Alandra. Sie hat bestimmt Erfahrung mit so was." Jetzt trat Alex an ein Fenster, von wo aus er die Kämpfenden beobachtete. *Wir müssen sie holen,* dachte er und ging zur Tür. Doch da wartete bereits der Mann, der sich von seinen Schmerzen erholt hatte. „Na, was hast du nun vor, du Bengel?", sagte er grimmig. „Lassen Sie mich raus, ansonsten wird es Ihnen noch leid tun", drohte Alex. Doch der Mann ließ sich davon nicht be-eindrucken. Nun ging Alex ein paar Schritte zurück, nahm Anlauf und rutschte durch die Beine des Mannes hindurch. „Alandra!", schrie er, als er vor dem Geländer stand. Alandra drehte sich zu ihm um. „Du musst hochkommen und uns helfen." Sofort verstand sie, löste sich von ihrem Gegner und kam zu ihm rauf. Der schwarz gekleidete Mann stellte sich ihr in den Weg, doch sie schlug ihn mit einem Schlag bewusstlos. Norman und Alex standen verblüfft da. Vor lauter Staunen wussten sie nicht, was sie sagen sollten. Dann jedoch hatten sie sich wieder gefangen und erzählten ihr, was gemacht werden musste. Keine zwei Minuten spä-ter hatte sie den Safe geknackt. Unter ganz vielen Dokumenten kam das Amulett zum Vorschein. Überglücklich hielt Alex es in seiner Faust. Zusammen mit Alandra und Norman verließ er das Büro. Sie kämpften sich durch das Getümmel. Mit vereinten Kräften besiegten sie die Gruppe und verließen das Gebäude. Draußen angekommen, wurden sie jubelnd erwartet. Alle umarmten sich. Mit einem Fass Bier wurde ihr Sieg gefeiert. Danach setzten sie wieder die Segel und fuhren nach Agewood Town. Kaum hatten sie angelegt, sprang Alex von Bord und lief zum Turm. Dort sah er mit Bedauern, dass das Lagerhaus abgebrannt worden war. Alex sank zu Boden und begann zu schluchzen. Norman legte ihm tröstend eine Hand auf die Schulter. Aber ganz plötzlich hörte Alex die Stimme des Mädchens in seinem Kopf. „Sei nicht traurig, Alexander Nightmore. Du hast etwas Wunderbares für mich und meine Familie getan." „A-Aber ich kann dir jetzt das Amulett nicht mehr geben." „Das macht nichts. Ich weiß, dass du damit nichts Böses vorhast. Deswegen möchte ich es dir schenken", sagte sie glücklich. Zuerst war Alex überrascht. Aber danach breitete sich ein Lächeln auf seinem Gesicht aus, und er stand auf. „Was ist los, Alex?", fragte Norman. Alex erklärte ihm, was passiert war. Danach kehrten sie zum Schiff zurück und teilten die Neuigkeiten den anderen ebenfalls mit. Alle jubelten vor Freude und klopften Alex die Schulter. Nun begann sein eigentliches Abenteuer, worauf er sich schon sehr freute. Kurz darauf setzten sie die Segel und glitten aufs weite Meer hinaus.